Kettly Mars

JE SUIS VIVANT

ROMAN

MERCVRE DE FRANCE

Après le goûter de quatre heures, la terre s'est mise à gronder et secouer comme si elle allait s'ouvrir jusqu'au fond, tout au fond. J'ai enfoui bien vite dans ma bouche les deux biscuits que je garde toujours en réserve dans la poche droite de mon pantalon. Il y a plein d'oiseaux qui nichent dans de grands arbres de lumière, ils me volent mes biscuits et si je les laisse faire ils me crèveront aussi les yeux. Le mouvement du sol a cassé la clôture de maçonnerie qui s'est effondrée mais l'Institution est restée debout. Le cœur de Mme Fleury-Jacques a flanché. Robert a fait une nouvelle crise d'asthme, il se tordait sur les carreaux de mosaïque jaune et rouge du patio, les yeux exorbités, la bouche ouverte pour chercher de l'air.

Pourtant tout semblait normal juste un moment avant. Joseph, comme à son habitude à cette heure, balayait l'entrée de l'Institution avant de passer à l'arrosage du jardin. Une brise persistante soufflait et les larges feuilles ocre de l'amandier revenaient avec obstination vers le balai malgré les mouvements vigoureux de Joseph. Après s'être battu contre les feuilles mortes, il les a emportées dans un panier en osier et il s'est mis à son arrosage. L'odeur de la terre mouillée annonçait la prochaine tombée de la nuit. Immobile dans l'allée, j'ai fermé les yeux pour humer ce parfum qui me saoule à chaque fois. Et puis tout a chaviré. En tombant, un pan de mur a enseveli Joseph devant la rangée de gingers rouges, les seules fleurs du jardin.

Tout le monde criait et Mme Fleury-Jacques plus fort que les autres. Du quartier au-dehors montaient des hurlements à vous dresser les cheveux sur la tête et des au-secours à n'en plus finir. Un quartier où j'entends rarement des voix. Seraient-ils tous devenus fous ? On les a finalement eus... Ha ! Ha ! Ha ! C'est nous, les fous, et voilà qu'ils crient plus fort que nous ! J'ai couru au salon pour tourner en rond autour du poteau de béton. Cent tours à droite et cent un tours à gauche. Et j'ai mis mes mains sur mes oreilles, en pressant très fort pour ne pas entendre miss Laurette qui me criait de sortir dans le jardin. Il y a mon espace de sécurité dans le cercle autour du poteau. Un pas en arrière et le monstre m'avale. Et quand il m'avale je dois hurler très fort dans ma tête pour m'arracher tout dégoulinant de ses tripes. Pour le moment il reste tranquille à m'épier en regardant fixement mes deux jambes, il attend la seconde où je ferai un pas dans son territoire. Autour du poteau il y a ma mère, mon père, mon petit frère et mes sœurs. J'avais terriblement peur, mes mains s'affolaient, les phalanges de mes doigts se désarticulaient comme des pinces de crabe et la plante de mes pieds me démangeait. Comme je n'arrivais pas à dormir la nuit venue, Tòy m'a donné une dose supplémentaire de médicaments. Tòy est un auxiliaire médical de l'Institution. Il ne sait pas que je le sais. Ils ne savent pas tous que je sais tout ici. Je vois tout, j'entends tout et je comprends tout. Le docteur Durand-Franjeune a demandé une dose supplémentaire pour tous les pensionnaires comme ils nous appellent. Une dose de plus pour nous permettre de dormir. Maria n'arrêtait pas de pleurnicher en reniflant. C'est à cause de tout ce qui venait d'arriver. Le docteur Durand-Franjeune ne veut pas qu'on dise qu'on est des fous. On est des malades mentaux, voilà ce qu'on est.

Je n'ai pas dit un mot, je ne parle jamais. Presque jamais. Des fois je réponds « bonjour » mais je ne sais jamais laquelle des voix parle pour moi. Mon corps est un nœud de mots qui vivent dans mes orteils ou mes fesses ou ma vessie, surtout dans les articulations de mes doigts, cela dépend des jours. Je n'ai pas couru, courir pour aller où ? On ne laisse pas l'Institution. Je n'ai pas d'autre adresse. Je ne sors jamais, je peux me perdre, je le sais. Une fois un pensionnaire est sorti, Bernard qu'il s'appelait ; on l'a retrouvé après toute une journée, la tête en sang, des gamins dans la rue lui avaient lancé des pierres. Je ne trouverai pas de biscuits dehors. Ici c'est ma maison, ma prison, mes médicaments, mon enfer et mon paradis, tout mon univers. Un tas d'yeux sur les murs de la clôture m'épient sans cesse. Joseph a fait grimper du lierre sur les blocs de ciment mais je sais que les yeux sont là, ouverts, qui me voient si je m'approche trop près. Je reste à ma place au milieu du jardin et ils me laissent aller au soleil. Je demeure toujours debout, figé et muet dans l'allée, pour que les yeux ne me voient pas. Ils ne voient que ceux qui bougent et gesticulent. Le jardin est mien, il est à Mme Fleury-Jacques qui vient de mourir, à Robert dont la bouche écume là, à terre, et à Joseph aussi, même si on ne le voit pas sous la pile de blocs de ciment cassés de la clôture. Le jardin est aussi à tous les autres, Gogo et Samuel, des pensionnaires comme moi, à miss Jeanne et miss Laurette, les infirmières de l'Institution, à Tòy l'auxiliaire médical qui ne sait pas que je le sais. Et puis, le jardin est à Maria, ma meilleure amie. Elle dit à tout le monde qu'on va se marier quand elle sera grande. Maria la petite fille aux cheveux fragiles et blancs comme des fleurs de chênes qui embrassent le soleil. Je vis dans l'Institution depuis un temps dont je ne me souviens plus. De toute façon, j'ai oublié un tas de choses. Mes cheveux n'étaient pas blancs quand je suis arrivé ici. J'avais toutes mes dents quand je suis arrivé ici. J'ai aussi oublié comment on rit et comment on part en avion.

Grégoire savait qu'Alexandre reviendrait bientôt vivre parmi eux. Il avait le flair pour ces choses-là. Il avait le flair pour un tas de choses depuis aussi longtemps qu'il pouvait s'en souvenir. Il aurait pu parier de l'argent sur ce sentiment. Mais voilà, il n'était pas un joueur. Tout le monde dans la famille se fiait à l'intuition de Grégoire. Peut-être que les autres y pensaient aussi, des fois, au retour d'Alexandre. Mais en général ils parlaient très peu d'Alexandre. Pourtant ça lui trottait dans sa tête à lui depuis quelques bons mois. Alors, dans ces moments-là, il rationalisait. Dans quelles circonstances improbables Alexandre reviendrait-il à la maison ? Pour quel motif impensable quitterait-il l'Institution ? Comment envisager la possibilité de la présence d'Alexandre parmi eux ? Cette perspective était tout simplement impossible. Alexandre souffrait de schizophrénie depuis l'adolescence et vivait entre les quatre murs d'une institution psychiatrique depuis plus de quarante ans. Que savaient-ils de sa vie, des voix qui avaient emporté sa raison et sa parole, des spectres qui avaient jour après jour clos sa bouche ?

Comment vivait-il dans son silence, en marge de la vie même ? Que savait-il des guerres un peu partout dans le monde, de l'avènement d'un Noir comme président des États-Unis d'Amérique, de la mort de Michael Jackson, du nom du pape à Rome, du mariage des homosexuels, de l'Internet et du téléphone portable ? Il respirait dans la même ville qu'eux mais leurs univers s'étaient scindés cela faisait des lustres. Ils ne connaissaient plus Alexandre perdu depuis si longtemps dans sa maladie. Quarante ans ce n'était pas quarante jours. Il y avait eu les voyages, les études, les vacances, les rencontres, les amours, les mariages et les divorces, les naissances et les décès. Il y avait eu toute une vie, un tas de petits et de grands événements de leurs vies qu'ils n'avaient pas partagés avec Alexandre. L'histoire avec Alexandre était restée figée dans cet après-midi doré, cet instant à l'étrange douceur où il était parti de la maison étonnée avec deux infirmiers, le regard hébété après la piqûre de calmant qu'on venait de lui faire. Alexandre était un malaise, un regret que rien ne console, des souvenirs doux mais aussi amers, un voile qu'on ne soulevait pas. Ils préféraient ne pas y penser ni en parler, une façon de conjurer l'impossible possible.

La rupture d'une faille inconnue jusque-là des géologues de l'île se produisit un mardi de janvier. Janvier, la belle saison de l'année, où les nuits sont fraîches et les étoiles comme de la poudre de lumière soufflée sur le fond du ciel noir. Les maisons de la propriété de la famille Bernier avaient résisté, personne n'était mort dans la cour. Dieu soit loué. On pouvait encore communiquer par Internet et dans la soirée les nouvelles s'échangeaient avec parents et amis dans le reste du monde. Mais, Alexandre ? Grégoire essaya d'appeler l'Institution sans succès. Tous les réseaux de communication téléphonique étaient saturés. Comme étaient saturées d'embouteillages monstres les rues de la ville. L'Institution appela le lendemain soir. Oui... tout allait bien. L'immeuble avait reçu quelques chocs mais dans l'ensemble il tenait bien... Alexandre avait eu quelques égratignures... la chute d'une étagère... rien de grave. L'infirmière en chef parlait mais Grégoire percevait comme un écho discordant, un message subliminal, l'ébauche d'une autre nouvelle. L'infirmière en chef n'ajouta rien, tout allait bien. Grégoire soupira mais il n'aurait su dire si c'était de soulagement ou de doute.

Les mois passèrent. Un jour d'octobre on parla dans les médias de quelques cas de choléra identifiés dans la région du fleuve Artibonite, ce fleuve qui sillonne et nourrit les jardins et les rizières du Plateau central comme une coulée de lait. L'Artibonite n'est pas la porte à côté. Mais l'épidémie voyagea vite. Et quelques semaines plus tard, quand Grégoire vit le numéro de l'Institution s'afficher sur le cadran de son portable, il sentit qu'un autre séisme allait traverser leurs vies. L'Institution n'appelait qu'une fois par mois, le dernier jour du mois, pour donner des nouvelles brèves d'Alexandre. Toujours les mêmes. Sa santé était bonne, il allait bien en général à part son taux de cholestérol qui avait tendance à être trop élevé. On était au début du mois de décembre. L'Institution n'appelait jamais au début du mois. Jamais. Grégoire entendait les mots à l'autre bout de la communication, il comprenait la signification de chaque parole que lui disait le directeur médical ; cette fois le message était clair et précis mais il n'arrivait pas à trouver de sens aux phrases. Sous le coup de l'émotion, son cerveau refusa d'enregistrer l'information qu'il recevait. Un léger tremblement parcourait son corps des pieds à la tête et d'infimes gouttes de sueur perlèrent à son front. À la fin de la conversation, il laissa passer quelques bonnes minutes pour que ses mains se calment puis il appela au téléphone Marylène et Gabrielle, ses deux sœurs, en leur donnant rendez-vous chez leur mère Éliane dans l'après-midi même. Il valait mieux donner la nouvelle en personne à la vieille, il fallait ménager son cœur. Il sortit son mouchoir de sa poche et s'épongea le front. Malgré le choc de la nouvelle, Grégoire se sentit étrangement soulagé. La catastrophe était tombée sur sa tête, il n'aurait plus à l'attendre.

Quarante-huit heures. Ils n'avaient que quarante-huit heures pour reprendre Alexandre de l'Institution. Le reprendre parmi eux pour toujours. L'évidence s'imposait, puisqu'il n'y avait pas dans la capitale d'autre institution privée de ce genre et que les institutions publiques dépassées n'étaient tout simplement pas une option. Dans l'état actuel du pays, il fallait chaque jour déployer des trésors d'imagination et de solidarité pour subvenir aux besoins élémentaires de chacun. Cette nouvelle épreuve inattendue et singulière leur demandait de conjuguer leur énergie, de tendre leur vigilance et leur efficacité vers une urgence qui les touchait au plus profond. Le directeur médical n'avait pas laissé de doute, l'Institution fermait définitivement. Un des pensionnaires était malade du choléra. L'Institution n'avait pas les moyens de gérer une traînée de choléra entre ses murs, pas d'espace ni de personnel adéquat pour assurer une quarantaine. Pour enfoncer le clou, le directeur médical avait informé que, selon la récente évaluation de la firme spécialisée Hashimoto, le séisme avait fissuré les fondations de la vieille maison. Les répliques qui suivirent jusque trois mois après avaient fragilisé la structure et les résidents n'étaient pas en sécurité. L'Institution devait être bientôt rasée. Tous les pensionnaires devaient partir, retourner dans leurs familles. Grégoire ne pouvait s'empêcher de penser méchamment que le directeur médical qui se faisait vieux avait enfin trouvé le moyen en or de prendre sa retraite.

À une centaine de mètres de là leur parvenait le ronflement étouffé des moteurs de voitures et de motocyclettes qui embouteillaient la rue en permanence. Des marteaux-piqueurs et des pelleteuses s'entendaient aussi. Dans le havre de Fleur-de-Chêne, il était difficile de s'imaginer toutes ces maisons cassées qui attendaient d'être rasées, ce mélange d'humains et de machines, ces vies agglutinées sous des tentes dans chaque terrain vide, dans chaque creux de la ville où pouvaient tenir des habitats de fortune de sinistrés qui le resteraient longtemps encore. Livia finit de servir le café et s'en alla sans se presser. Elle sentait l'intensité du moment, elle percevait le poids des silences entre les phrases. Quelque chose de grave se passait dans la famille Bernier. Elle aurait pu en jurer. Elle avait traversé avec eux des coups durs comme l'accident de voiture d'une des jumelles de Mme Gabrielle, le kidnapping par des bandits de Mme Béatrice, l'ex-deuxième femme de M. Grégoire ou encore le décès de M. Francis, le chef de famille, l'an dernier. Mais cette fois la vibration lui arrivait de différente manière. Le péril n'avait pas de nom, pas encore. Les petites cuillères métalliques tintèrent contre les parois de la faïence chaude. Ils en burent tous, même Éliane, malgré sa tension. Assis au jardin et conversant par phrases courtes et vives, des petites phrases tendues qui s'entrechoquaient, ils se regardaient avec des lueurs d'incrédulité au fond des yeux. Ils n'avaient pas encore pris d'assaut le mur invisible qui se dressait devant eux. Ils l'évaluaient mentalement. Ils brodaient autour de la question, l'effleurant, se demandant, évoquant. Ils étaient désemparés. Le jour était pourtant pareil aux autres jours, un après-midi de décembre frais et lumineux où les premières brises du soir précoce faisaient frissonner le feuillage touffu des vieux chênes sur la cour. Grégoire parlait, répétait les mots du directeur médical en se passant les doigts dans sa tignasse grisonnante. Il s'éclaircissait la gorge avant chaque phrase, comme pour dégager un rhume. Il faisait cela quand il était nerveux. Marylène et Gabrielle l'écoutaient attentivement et jetaient de temps à autre un regard au visage fermé d'Éliane. Sophia ne détachait pas son regard du visage de Marylène tout en se disant que Grégoire avait bien besoin d'aller chez le coiffeur. Jules lissait mécaniquement le pli effilé de son pantalon noir.

La vieille était ébranlée au plus profond de son âme. À quatre-vingt-six ans, Éliane devait se mettre debout et faire face à son cauchemar intime. Sa poitrine se soulevait avec plus d'effort que d'habitude et ses lèvres étaient pincées. Signe de grand émoi chez elle. Heureusement que ses enfants étaient là, autour d'elle. Ébranlés eux aussi mais présents et attentifs. Ses enfants qui n'en étaient plus depuis longtemps. Son regard glissa sur les tempes grisonnantes de Grégoire, sur son embonpoint à l'estomac et son éternel pan de chemise qui sortait de dessous la ceinture de son pantalon. Elle vit les vergetures du décolleté de Sophia, sa troisième femme au chignon immuable, le bas du corps étroit et généreux du haut, avec des lèvres pulpeuses, un nez aux narines évasées et des sourcils qui se touchent. Elle observa les cheveux blancs de Marylène coupés court, ses yeux frangés de cils drus, son nez fort, ses lèvres épaisses au pli dur et têtu, son visage sans maquillage. Elle ne ressemblait à personne de la famille ou très vaguement à Irène, une tante de Francis morte vieille fille, centenaire et lucide. Avec l'âge Marylène perdait graduellement ses attributs féminins, son apparence lui importait de moins en moins et elle portait pratiquement tout le temps ses vêtements de travail tachés de peinture. À croire qu'elle le faisait exprès pour agacer les autres. Le regard de la vieille Éliane s'attarda sur la toison fauve de Gabrielle, sa masse de cheveux dont elle est si fière, sur ses ongles aux bouts carrés, sa french manucure parfaite. Marylène et Gabrielle étaient comme la nuit et le jour, deux sœurs dissemblables comme deux sœurs ne peuvent pas l'être. Et elle vit Jules, le gendre radiologue, sportif, élégant, sa queue de cheval retenue par un élastique, luttant avec tous les artifices possibles pour ne pas paraître ses dix-huit ans de plus que Gabrielle dont il est amoureux et jaloux. Presque vieux, eux aussi, pensa la vieille. Mais Éliane restait la mère, celle qui réagissait toujours la première, celle qui avait les idées, qui trouvait les solutions. Déjà elle se colletait à ses émotions. Elle acceptait sa peur. Elle partait au combat. Ils devaient reprendre Alexandre, son fils égaré dans les méandres de la folie, son fils qui l'avait un jour menacé d'un couteau de boucher, son fils qu'elle avait perdu depuis plus de quarante ans, son fils de tant d'amour et de tant de douleurs.

Dieu qui donne les croix donne aussi les épaules. Merci, mon Dieu, je compte sur vous encore une fois. Dire qu'ils n'approuvaient pas quand j'ai décidé de construire le studio dans le jardin. Encore une de mes constructions. Encore mes lubies de faire pousser des maisons comme des champignons dans la cour. Mais voilà, grâce au rapport des deux maisons devant sur la rue principale, je me suis fait des rentes et les enfants n'ont pas à se soucier de mes besoins, pas encore. Si je ne devais compter que sur la pension de bâtonnier de Francis... Mais voilà, grâce à mes lubies constructrices le studio est prêt pour Alexandre, comme s'il l'attendait, comme si nous nous étions donné rendez-vous. Moi qui croyais qu'il servirait pour héberger des membres de la famille ou des amis de passage. Aurais-je pu me douter que cet hôte attendu serait Alexandre ? Comment ne croirais-je pas aux miracles ? Il n'y a que les sanitaires à poser et une bonne couche de peinture à donner. L'électricité et l'eau sont installées, la cuisine aussi. Pour les meubles, on va voir. Un tas de vieux meubles dans nos remises attendent qu'on les sorte de la poussière.

— Bon… Commençons par une liste de choses à préparer. Quelqu'un a-t-il un stylo ?

Grégoire tire avec dextérité un stylo de sa poche de chemise et le tend à sa mère. Il a déjà gâché plusieurs bonnes chemises avec l'encre de stylos qui ont bavé sur sa poitrine. Au grand dam d'Anna qui lui fait sa lessive et a la tâche ingrate d'essayer de les récupérer. Mais rien n'y fait, il lui faut un stylo à cet endroit-là qu'il peut tirer d'un seul mouvement agile de la main quand il en a besoin. – Il est comptable professionnel agréé.

— Merci…, Grégoire.

Éliane cherche son petit carnet usé dans la poche profonde de sa jupe. On le lui a toujours connu, ce carnet noir, la couverture usée par la chaleur de ses doigts.

— D'abord assure-toi que l'infirmière de l'Institution nous communique une description détaillée de… l'emploi du temps d'Alexandre. Je suppose qu'ils ont une routine quotidienne… il nous faut sa liste de médicaments aussi… très important.

— Bien noté !… Dès que j'aurai cette liste, je vais constituer un stock supplémentaire. On ne sait jamais.

— Bon… ce n'est peut-être pas nécessaire… mais on ne sait jamais, comme tu dis… Nous aurons besoin d'une sorte de garde-malade pour rester avec Alexandre et s'occuper de lui. Une personne à demeure… un homme de préférence…

— Je pourrais demander à Sylvia, ma copine qui a une agence d'emploi.

Marylène cherche déjà un numéro sur son portable.

Éliane est surprise de cette réponse. Elle regarde sa fille aînée avec une lueur indéchiffrable au fond des yeux.

— Bien… pour le linge de maison… les draps… les serviettes…

— Je m'en occupe !

Gabrielle se met debout, d'un geste familier du cou elle renvoie ses cheveux en arrière. Elle va rafraîchir sa teinture samedi, elle a des repousses.

Et Jules se lève aussi et dit :

— Bien sûr, ma chérie… on va s'en occuper… on verra aussi dans la remise ce qui pourrait convenir… Je pense aux meubles qu'on a remplacés l'année passée. Et le grand fauteuil en rotin. Ils sont encore en bon état… il n'y a qu'une petite table dont un pied était défectueux.

Jules glisse sa main sous les cheveux de Gabrielle et lui masse la nuque. Il caresse des yeux les épaules graciles de sa femme. Marylène détourne son regard du couple.

Sylvia m'a promis de faire de son mieux pour nous trouver demain au plus tard un garçon de compagnie qui peut servir de garde-malade pour Alexandre. Pas question de le laisser seul dans la petite maison, même pour une nuit. Pas question non plus que l'un de nous soit obligé de dormir avec lui. Moi je ne dormirai pas avec Alexandre, c'est clair. J'ai bien dit à Sylvia qu'il s'agissait d'une urgence, qu'il fallait que cette personne sache lire, écrire et administrer des médicaments. Elle a compris et ne m'a pas demandé pour qui il me fallait cet employé. Je ne lui ai pas dit que je cherchais quelqu'un pour Alexandre non plus. Elle ne me l'a pas demandé parce que nous n'avons jamais parlé d'Alexandre. Pourquoi lui parlerais-je de mon frère ? Elle n est qu'une connaissance qui dirige une agence d'emploi et qui perçoit des frais de ses clients et des pourcentages sur les salaires des employés qu'elle case. Mais je sais qu'elle sait, sinon elle m'aurait demandé pour qui j'avais besoin de cet employé de maison d'un genre particulier. En réalité ce n'est même pas professionnel de sa part de ne pas s'inquiéter des particularités et des besoins spécifiques d'un client... Mais pourquoi est-ce que je me raconte tout ce charabia ? Je n'arrête pas d'inventer des histoires et des prétextes à mon désarroi. Comment Grégoire et Gabrielle vivent-ils cette sorte de choc ? Oui, c'est un choc même si je ne l'admettrai devant personne. Ma vie a été ce qu'elle a été pour beaucoup à cause d'Alexandre, je lui dois mon pire et mon meilleur. Je ne dois pas d'explication à Sylvia ni à personne. Alexandre revient. Alex... mon petit frère que j'ai aimé et haï avec la même force. Pour le moment je ne ressens rien de particulier sinon de l'ennui. Je n'ai pas non plus envie de me regarder dans un miroir. Je n'ai pas envie d'affronter tout ce qui se passe dans mes yeux. Ça fait longtemps tout ça, et j'ai mal, là, dans mon ventre. Pourrons-nous vivre avec lui dans le décor ?

Mon père aimait Alexandre plus que moi, cela sautait aux yeux de tout le monde. Je ne savais plus comment lui plaire. Les bonnes notes à l'école et les progrès aux leçons de piano ne suffisaient pas. Je devais exceller en tout, j'étais une fille. C'était la norme pour moi. Alors que la plus banale réalisation d'Alexandre portait Papa aux anges. Alexandre était son fils, son garçon, qui aurait dû naître avant moi, pour que les choses soient à leur juste place. Papa s'est inquiété de sa descendance jusqu'à ce qu'Alexandre vienne au monde. Le fils était là, la lignée garantie. Papa m'aimait bien mais sa discrète affection n'était pas suffisante pour moi. Pas assez pour tout l'amour que je lui vouais. En naissant, Alexandre m'avait ravi une part importante de ma vie, l'amour exclusif de mon père. Pourtant je l'ai adoré depuis le jour où il est né. Il était mon bébé et je lui tournais autour tout le temps comme une abeille autour d'une fleur. Je voulais m'occuper entièrement de lui, le linger, lui donner son biberon, le faire roter. J'ai été là quand il a fait ses premiers pas, les bras tendus je l'ai attendu en souriant. J'avais trois ans, presque quatre ans et Alexandre était le plus gros et le plus beau bébé dont pouvait rêver une petite fille. Comment ai-je pu ne plus l'aimer ?

Francis, tu as bien fait de mourir l'année passée. Du haut de tes quatre-vingt-dix ans, ton cœur n'aurait pas pu tenir le coup. Alexandre revenu après si longtemps à la maison, ce serait trop pour toi, pour ton parkinson et ton cœur. Tu as bien fait de partir. Il revient, le Petit, et j'essaie de lire dans ce retour un signe du ciel. Je prie beaucoup, la prière et mes enfants sont mes deux sources de force. Moi aussi je suis à la fin d'un chemin. Je suis fatiguée. Ton départ, le tremblement de terre… et puis Alexandre qui revient ? Ça fait beaucoup pour moi et mon hypertension. Je vais tester mon sucre la semaine prochaine. Avec toutes ces émotions. J'ai observé les enfants quand nous avons partagé la nouvelle hier. Comme moi, je sais qu'ils sont bouleversés. Je suis envahie de souvenirs, d'une affluence de mots, de moments, d'images. J'ai retrouvé le goût de ces années où rien n'allait plus. Tu as été têtu, Francis. Maintenant que tu n'es plus là, je peux te dire que tu as été têtu. Tu n'as pas voulu accepter cette maladie qui nous enlevait notre fils, jour après jour. Il ne toussait pas, il n'avait pas de fièvre, ni de diarrhées, non, rien de tout ça. Tu ne pouvais pas comprendre qu'il était touché à la tête. Tu n'as pas voulu voir que son âme lui échappait. Moi je l'ai compris quand il a arrêté d'avoir peur de toi. Il ne te défiait même plus, il te connaissait de moins en moins, comme nous tous d'ailleurs. Oui, c'est cela le plus dur, quand ta chair et ton sang te deviennent étrangers.

Les vitamines que tu t'entêtais à lui donner n'y changeaient rien. Tu disais qu'il traversait une crise d'adolescence et que la discipline seule pouvait le ramener à l'ordre. C'était ton devoir de père de le discipliner. Comme ton père avait discipliné, et son père avant lui. Une affaire d'hommes, au final. Sais-tu combien j'ai souffert, combien nous avons tous souffert, brûlés par cette électricité qui flottait dans la maison ? Je devais toujours être un fusible entre vous deux. Ta souffrance t'aveuglait. Tu l'aimais tant, plus que les autres enfants. Alexandre était plus intelligent, plus beau, plus gentil que tous les garçons du monde. Il serait avocat, deviendrait ton associé et prendrait, après quand tu serais trop vieux, la suite de ton cabinet. Tu lui avais tracé sa vie, son école, l'université, sa carrière, tout. Tu avais tout prévu sauf ce gène qu'il portait en lui, ce destin caché dans la fleur de son âge et qui réclamait son dû. Aurions-nous pu le sauver si nous lui avions donné plus tôt des médicaments adéquats ? Non, je ne le crois pas. Chaque chose doit arriver à son heure. Ce n'est rien qu'une illusion qui me soulage parfois la conscience. On ne revient pas de la folie, je le sais. Mais l'épreuve aurait été moins douloureuse. Peut-être.

Pour un coup, c'en est un. Je ne m'attendais vraiment pas à celui-là. Quand Grégoire m'a appelée j'ai cru qu'il blaguait même si ça ne ressemblait pas à mon frère de faire une blague pareille. Mais c'est bien vrai. Alexandre laisse l'Institution après-demain pour venir vivre dans sa famille. Nous. Sa famille qui ne comprend toujours pas ce qui lui arrive. Il n'y a pas d'autres solutions, Alexandre revient chez nous. J'aimais tant Alexandre. J'ai peur des fous. Quand j'en rencontre dans les rues je crains qu'ils ne m'approchent. On voit beaucoup plus de fous dans la ville depuis le séisme. Il faut toujours garder les fenêtres de sa voiture fermées pour qu'ils ne s'approchent pas trop près. L'autre jour une femme s'est mise juste devant le nez de la voiture d'Ariel et a refusé de se déplacer pendant de longues minutes. On ne devrait pas laisser ces gens dans les rues. Heureusement qu'Alexandre n'a jamais été dans la rue. Non, ça je n'aurais pas pu le supporter. Maman me semble encaisser le coup assez bien, mais allez savoir. Marylène m'a dit qu'elle en avait rêvé. Elle avait vu Alexandre dans la cour, aussi grand qu'un chêne, la tête au soleil et jouant avec un avion. La lumière du rêve l'aveuglait, lui brûlait les yeux. Marylène a recommencé à fumer. Elle se triture le lobe de l'oreille, je croyais ce tic disparu. Elle me fait un peu pitié.

— Cynthia, tu ne devineras jamais ce qui arrive, ce qui nous arrive ?

— Est-ce qu'il y a des chances que je devine ?

— Non... je ne crois pas. Alexandre revient vivre à Fleur-de-Chêne.

— Alexandre ? Ton frère ? Tu es sérieuse ?

— Oui... l'Institution le renvoie... ils doivent tous retourner chez eux. Soi-disant à cause du choléra... mais j'ai mes doutes.

— Et tu l'as su quand ?

— Aujourd'hui... j'ai rencontré les autres chez ma mère et nous en avons discuté.

— Mais pourquoi revient-il chez vous ?

— Le choléra, je te l'ai dit. Ils ont aussi parlé des fondations de l'Institution qui sont lézardées, qu'en sais-je...

— Cette nouvelle a dû vous prendre de court...

— Tu parles qu'elle nous a pris de court ! Elle nous fout à terre !

— Je me souviens de lui. Il courait tout le temps dans le jardin chez tes parents avec ses avions, toutes sortes d'avions qu'il fabriquait lui-même... Est-ce qu'il est jamais monté dans un avion... je veux dire... avant de... avant sa... ?

— Oui... il est parti passer des vacances d'été une fois, chez sa marraine à New York. Ce voyage en avion était sûrement le plus beau cadeau de sa vie.

— J'avais un peu le béguin pour Alexandre.. Il avait l'air si sûr de lui et il connaissait un tas de trucs très sérieux... Il faisait plus vieux que les garçons de son âge. Il m'intimidait d'une certaine façon. Je me souviens qu'il t'adorait et te passait tous tes caprices...

— Alexandre était le meilleur des frères... J'ai mal quand je pense à sa vie, à tout ce qu'il aurait pu devenir... J'ai si mal, Cynthia...

— Oui... Je te comprends, Gabrielle. Elle n'est pas juste, cette chienne de vie... mais nous n'en avons qu'une et il faut la vivre avec ses douleurs. En tout cas, je suis là, ma chérie. Tu peux compter sur moi. Ne l'oublie pas. Si tu as besoin d'un coup de main ou juste de parler, je suis là... ta sœur est là...

— Je sais... je sais... Merci, Cynthia...

On m'a fait descendre dans le bureau du docteur Durand-Franjeune. Je n'ai pas vu les autres pensionnaires, depuis hier ils s'en vont un par un avec des gens qui viennent les chercher pour que les yeux dans le mur ne les emportent pas. Miss Jeanne tient mon sac dans une main. J'ai envie de pisser. Je ressens aussi un besoin irrésistible de courir vers le poteau, pour faire mes cent tours pour que la bête ne m'avale pas. La plante de mes pieds me démange. Miss Jeanne m'arrête à temps, elle sait que je dois toucher le poteau. Mon petit frère est là, il parle au docteur. Nous nous regardons vite. Je m'assieds sur l'une des trois chaises en métal le long du mur, en face du bureau où se tiennent le docteur et mon petit frère. Ils ont l'air très sérieux tous les deux et j'entends plusieurs fois le mot médicament. Mon petit frère a changé, il a des cheveux gris, il a huit ans, je lui ai cassé son cerf-volant et il pleure. Je t'emmènerai en avion, pleure pas, Grégoire. Le docteur enlève ses lunettes aux verres épais qui lui font les yeux énormes comme des soucoupes et lui tapote l'épaule : « Allez, monsieur Bernier, ne vous inquiétez pas.

Alexandre est un bon garçon. Il faut lui donner ses médicaments ; il les prend sans problème. Donc, il faut surtout bien gérer les médicaments... des fois les pharmacies de la place sont en rupture de stock. Avec les médicaments pris régulièrement, tout va bien. Ne vous inquiétez pas. Vous n'aurez pas de problèmes. » Mon petit frère a un rire nerveux, il tousse un petit coup sec à chaque fois qu'il va parler. Alexandre est un bon garçon, qu'il a dit, le docteur Durand-Franjeune.

Les yeux sont revenus dans les murs. Ils vont nous bouffer, des yeux qui ont des dents. Je vais partir dans un avion, avec mon petit frère. Je le sais parce que mon petit frère ne m'a pas apporté de biscuits comme il en a l'habitude quand il vient me visiter. Mais je garde ceux du petit déjeuner dans ma poche. Il est beau l'avion et Joseph est aux commandes. Il ne faut surtout pas qu'il entre dans le mur de l'Institution. Joseph est mort sous le mur, la tête fracassée par un parpaing. Je vais partir, le docteur me donne la main et me dit : « Bonne chance, Alexandre. » Sa voix tremble un peu. Miss Jeanne me tend mon sac et soupire en me serrant contre ses seins volumineux. Voilà, nous sommes dans l'allée. J'avance avec mon petit frère. Le mur est là, je dois m'arrêter, devenir raide comme une statue, sinon ils vont me bouffer. Mon petit frère s'arrête aussi, surpris. Il me prend par le bras : « Allons, Alexandre, la voiture est dehors dans la rue. » Moi je suis raide, comme en béton, je retiens mon souffle. Non ! Non ! Je crie mais Grégoire ne m'entend pas. Miss Jeanne s'amène alors. Elle me couvre les paupières de la paume d'une main, me prend le bras de l'autre et m'accompagne jusqu'à la barrière. Elle sait, pour les yeux qui vous bouffent dans le mur. La voiture rouge de mon petit frère est dehors. Où est l'avion ? Pourquoi ne m'a-t-il pas apporté des biscuits, comme les autres fois ?

Alexandre est parti de chez nous l'année où j'ai eu mes premières règles et mon premier petit ami. Il s'est passé quelque chose de très grave à la maison, et puis il est parti. C'est vrai, je n'oublierai jamais ce jour. J'avais passé la journée chez Maryse avec quelques autres copains. Son cousin Fabrice était venu aussi, à cause de moi. Il était beau et je l'aimais. J'étais presque sûre qu'il m'aimait aussi. Il fallait un baiser pour mettre en déroute les incertitudes qui nous angoissaient. Quand il m'a embrassée, j'attendais son geste et je suis partie sur la lune. Je flottais sur un nuage de coton. C'était la plus belle aventure qui m'était arrivée de toute ma vie de préadolescente. Je suis rentrée chez moi cet après-midi-là, toujours perchée sur mon petit nuage de coton. Dès que j'ai franchi la porte j'ai senti que quelque chose n'allait pas. La maison sentait l'alcool médical et le saisissement. Ma mère portait le bras droit en écharpe et tante Simone était assise à ses pieds, au bas du canapé du salon. Papa parlait avec l'oncle Aurélien dans son bureau. Je suis sortie pour trouver Grégoire qui réparait les freins de sa bécane avec une pince, près du garage. Grégoire m'a informée qu'on avait emmené Alexandre. Qu'il avait été violent avec Maman. Il ne m'a rien dit de plus. Il répétait peut-être les mots qu'on lui avait recommandé de me dire. J'ai demandé ce que signifiait « violent avec Maman ? » Il ne savait pas trop car il n'était pas là non plus quand l'incident arriva. Tout avait l'air calme. Ce n'était pas la première fois qu'on internait Alexandre. Je ne me souviens pas beaucoup de lui à cette époque-là, mais je sais que j'aimais jouer avec lui, qu'il me portait souvent sur son dos quand j'étais encore une petite fille. Il m'appelait sa poupée. Je me souviens qu'il était gentil, qu'il acceptait de jouer à la poupée avec moi. Je me souviens d'une scène où il cassait toute la vaisselle qui séchait dans un panier sur l'évier. Mais ça c'était plus tard, beaucoup plus tard. Quand Maman pleurait en cachette nous savions tous que c'était à cause d'Alexandre. Une fois Maman est arrivée pendant qu'Alexandre me chatouillait de partout. Je riais de plaisir. Le regard de Maman a glacé Alexandre et a fêlé mes rires. Quand je suis entrée au primaire souvent Maman me laissait passer les week-ends chez mes cousines. Je suppose que pendant mes absences elle avait un souci de moins à gérer dans la maison. J'aimais aller chez les autres, il faisait toujours mieux vivre chez les autres. Mes cousines avaient plein d'amis qui avaient plein d'amis. Ils étaient ma famille de copains. Quand Alexandre est parti de chez nous, Marylène venait de voyager pour ses études en Belgique, Grégoire avait ses copains à lui, moi j'avais trouvé les miens.

Nous ne parlions pas souvent d'Alexandre même si nous

ne l'oubliions jamais. Je peux à peine croire qu'il va revenir habiter dans la famille, là dans le studio que Maman a construit à cent pas de sa maison, juste derrière la clôture végétale. Ça va faire drôle quand même après quarante ans. Pourvu que ça ne soit pas trop difficile. On va voir.

Il faut que je fasse descendre le jeu de meubles et le vieux fauteuil en rotin du grenier.

Penchée sur lui, elle le regarde dormir. Grégoire l'a ramené il y a environ une heure. La traversée en voiture a été physiquement pénible pour Alexandre qui tirait tout le temps sur la ceinture de sécurité que Grégoire avait bouclée pour lui. Le spectacle des maisons cassées et des gens agglutinés sous des tentes dans la rue soulevait des picotements sous sa peau. Trop de gens dans les rues, trop de regards qui ne le lâchaient pas, des yeux qui suppliaient dans les murs brisés. Alexandre n'amenait avec lui qu'une valise légère et une grande confusion accentuée par une dose supplémentaire de médicaments avant son départ définitif de l'Institution. Tout juste installé dans la petite maison, il s'est allongé sur le lit de sa chambre et a dormi profondément, d'un seul coup, sans même enlever ses chaussures. Il n'a pas paru s'intéresser à ce qui l'entourait, au petit jardin avec un fauteuil en rotin trônant au milieu, à la maison sentant la peinture fraîche, aux galets noirs et blancs recouvrant le sol devant l'entrée. Il avait à peine regardé Ecclésiaste, l'employé désormais attaché à son service et qui semblait lui-même très émotionné. Il ne voyait rien de tout cela. Il a juste cherché le lit comme un gouffre où s'abîmer.

Le cœur d'Éliane bat la chamade, ses jambes faiblissent, elle serre très fort le pommeau de sa canne pour ne pas vaciller. Quarante-deux ans, trois mois et dix-huit jours, la durée de son absence. Et il revenait un an, jour pour jour, après la mort de Francis. Mon Dieu, quel message me donnez-vous là ? Alexandre a les cheveux clairsemés et grisonnants comme l'étaient ceux de son père, un peu de ventre et les membres grêles. Il n'a pas l'air en bonne santé, sa peau est blême. Ses lèvres s'affaissent dans un coin de sa bouche où lui manque une dent. Il était le seul à l'appeler Éliane. Une fantaisie ou un privilège qui n'aurait probablement pas été accepté des autres enfants. Quand il lui disait Éliane, il la touchait là où ses poignets et ses genoux faiblissaient, là où son cœur fondait. Il rétablissait le droit de l'aimer sans mesure, et que les autres ne s'y mêlent point. Même pas son père. C'est presque un vieil homme qu'elle a sous les yeux, un corps épuisé par la maladie, un corps qui n'a pas connu la maturité et l'épanouissement de la chair. Un fruit vert qui a flétri. Elle est la mère d'un vieil homme. Est-ce qu'il la connaît encore ? Est-ce qu'il la reconnaîtra après tout ce temps ? Doit-elle avoir peur de lui-même si le docteur Durand-Franjeune dit qu'il n'a plus de pulsions de violence, que les médicaments années après années ont cassé les ressorts de la maladie et colmaté les fragments de son être. Elle en tremble. Se souvient-il de ce petit garçon qui courait après elle dans la lumière frissonnante des chênes ?

Éliane sent comme du plomb sur ses épaules le poids de la vieillesse.

Alors qu'elle va s'en aller enfin, Alexandre ouvre les yeux, il regarde autour de lui. Il se passe les deux mains sur le visage, deux fois, trois fois, comme s'il pouvait ainsi changer de scène, revenir à l'Institution, à sa vie dont on vient de l'arracher. Il vient de se passer un événement dont la dimension l'écrase. Il ressent un sentiment qui est plus que de la peur, plus qu'une menace pour sa vie. Toutes les voix dans sa tête s'affolent. Un sentiment qui est de la panique pure, celle qu'il fuit en tournant sans arrêt autour du poteau épais du salon de l'Institution. Mais voilà, le poteau est au fond du gouffre, il l'y a vu et il doit peser des tonnes. Il ne pourra jamais le ramener pour le replanter au milieu de sa vie. Il ne reconnaît pas les couleurs qui l'entourent, elles sont trop fraîches, trop vives. Il est ailleurs. Il est perdu. L'odeur de la peinture neuve sur les murs le frappe au front, l'odeur comme un mur où il se cogne. Où sont les autres ? Où sont Joseph et miss Laurette et Maria ? Où sont Gogo et Samuel, ses amis ? Il entend des oiseaux qui volettent et chantent dans les arbres dehors et pense aux biscuits dans sa poche. Pourvu qu'ils ne les lui aient pas volés. Il faudra les tuer, les oiseaux, tous. Ce n'est pas l'Institution ici et ses jambes ont envie de courir, de sauter par-dessus des murs, mais elles pèsent si lourd, ses jambes. Des voix passent au galop dans sa tête et lui font mal. Il voit une femme aux cheveux blancs penchée sur lui, le regardant intensément, il respire son parfum, il peut même entendre battre son cœur. La vieille ne peut plus partir, elle est tétanisée,

43

elle ne pourrait courir, ses genoux sont prêts de céder. Alexandre la voit dans la clarté blanche qui passe au travers des lames de vitres de la petite fenêtre au-dessus du lit. Le galop s'arrête un instant dans sa tête, juste un instant. Il la regarde quelques secondes qui semblent une éternité et dit : « Éliane ? »

Je hurle. Même si vous ne m'entendez pas, je hurle. Comme un loup monté sur le toit de cette maison qui veut me broyer, comme un chien sauvage qui est prisonnier des hommes. On m'a brisé les dents. Mon corps pèse lourd, mes jambes sont si lourdes, je traîne des pieds. J'ai peur. Il n'y a pas de poteau dans cette maison, un poteau large, épais, massif. J'ai besoin de tourner en rond et le chant des oiseaux est comme une décharge électrique dans ma tête. J'ai faim. Manger, manger, juste manger. Quand je mange, l'Institution est là, quelque part dehors. Quand je mange, Joseph est devant moi avec son arrosoir et il me raconte l'histoire de sa vie et de ses huit filles vierges. Quand je mange, j'entends pleurnicher Maria et ça m'agace et me rassure. Il viendra peut-être l'avion, pour m'emmener. Je regarderai d'en haut et je n'aurai plus peur. Je connais cette maison, cet endroit, mais quand je regarde la cime des arbres, je tombe dans un gouffre. Je tombe et rien ne m'arrête. Je connais cet endroit, j'y retrouve des lambeaux de chair, la voix de mon père, mes virées dans le noir quand je marchais pour fuir l'avion. J'avais un père, il s'appelait Francis. Je ne le vois plus, il est parti lui aussi dans l'avion. Aujourd'hui c'est Grégoire mon père, qui est aussi mon petit frère âgé de huit ans à qui j'ai pris ses billes et qui va pleurer dans les jupes d'Éliane. Mes doigts me regardent, mes doigts s'accrochent à moi, je dois les tenir loin de ma face sinon ils vont me lacérer la peau du visage. Mes doigts sont restés quelque part, je ne sais pas où, ils me crient des mots que je ne comprends pas et ce vacarme de mes doigts armés de mes ongles trop longs me déchire de l'intérieur. Éliane me regarde de sa terrasse. Et quand elle me regarde le feu embrase le massif de bougainvillée qui nous sépare. Il s'en dégage une chaleur insupportable. Elle marche avec une canne. Elle a le dos voûté. Je suis ici chaque jour maintenant, c'est ici que je mange et que je pisse. Je n'ai pas trouvé de poteau ici. Je marche devant la maison, je ne peux pas la contourner entièrement car le côté droit est coincé contre la clôture de parpaings. Je fais six pas devant, douze pas dans le couloir à gauche. Six pas devant, douze pas dans le couloir à gauche. Six pas devant et douze pas dans le couloir à gauche. Une heure le matin et une heure l'après-midi. Des galets blancs et noirs recouvrent le sol, ils me font mal aux pieds quand je marche. J'ai faim. Mes doigts ont faim. Et je vais tuer tous ces maudits oiseaux de mes propres mains.

Même si Josy me fout une chaise à la tête quand je lui dirai, je démissionne à la fin du mois. La paye n'est pas mal chez ces gens mais c'est plus fort que moi. Je bouffe bien pourtant, on me sert la même chose que M. Alexandre, ça manque de sel mais la nourriture est de qualité. Ici ils n'ont pas un menu à part pour le personnel. Je ne peux plus habiter avec ce M. Alexandre qui me fout la trouille. Il ne dit jamais rien. Pas un mot, rien ! Il te regarde comme s'il pouvait lire dans ton âme ou comme s'il se moquait de toi avec passion. Jamais un mot, même pas avec sa mère. Elle lui dit bonjour, il lui répond bonjour et c'est à peu près tout. La vieille vient, s'assoit un moment avec lui devant la maison, elle lui parle sans attendre de réponse. Des fois il acquiesce, sinon il l'oublie et regarde droit devant lui. Il se fatigue vite, les visites sont brèves. Moi je l'ai toute la journée et même quand il dort, il m'obsède. Avec quels mots vais-je expliquer tout ça à Josy ? Elle va me dire : « Mais il est tout à fait normal qu'il soit drôle, Ecclésiaste, il est zinzin ! Tu es troublé parce que c'est la première fois que tu t'occupes de ce genre de malade. » Je comprends qu'elle en ait assez de son boulot de plongeuse tous les soirs dans ce restaurant à Pétion-Ville et qu'elle compte sur moi pour prendre le temps de trouver un autre emploi. Avec mon nouveau job elle pourra souffler et chercher un travail qui lui permette de rester le soir avec notre fils. Il est pourtant docile, M. Alexandre, il accepte que je lui donne son bain, que je lui fasse prendre ses médicaments. Il n'a pas besoin que je lui fasse la conversation, il regarde la télé ou bien il s'assoit dans le jardin, sur son fauteuil en rotin à l'abri de l'amandier. Et il marche, il longe un côté de la petite maison, dans un va-et-vient incessant, forcené, presque à angle droit. Il remet les pieds dans les mêmes pas qui creusent chaque jour le gravier recouvrant le sol. Mais quelque chose dans l'air autour de lui me dérange, ou bien c'est l'épaisseur de son silence. Ses doigts semblent dialoguer avec des voix extérieures ou intérieures, je ne sais pas. Des fois j'ai l'impression qu'ils vont me sauter au visage, ses doigts. J'ai l'impression qu'ils m'observent sans arrêt quand il n'y a personne autour de nous. L'autre jour je lui ai coupé les ongles des doigts, mes mains tremblaient, mais ça m'a soulagé, comme une menace de moins. Il se met au lit tôt. Dès qu'il a pris son souper et ses médicaments vers six heures, six heures trente du soir, il gagne sa chambre, grimpe sur son lit et il dort à poings fermés jusqu'au lendemain matin. Je le sais. Pourtant je dois vivre chaque nuit avec l'impression qu'il me regarde à travers le mur qui nous sépare. Livia et les autres membres du personnel de la cour me disent que ce sont des superstitions, que M. Alexandre est inoffensif et gentil. Facile à dire. Seul Solon, le garçon de M. Grégoire, me prend au sérieux, il m'a dit l'autre jour, l'air entendu : « Le mal existe et le monde est méchant. » Ce n'est pas un rappel à prendre à la légère dans ce pays d'Haïti où rien n'est comme il paraît. J'aime bien quand ils viennent regarder la télévision et bavarder un moment le soir. Ils ont raison, je ne sais plus que penser et me sens de plus en plus mal. Toutes ces sensations sont probablement des fabrications de mon esprit, mais je démissionne à la fin du mois.

L'Institution n'était plus la même. Je vivais entre ses murs depuis toujours. Je connaissais son souffle, ses lumières et ses ombres, l'odeur des corps des autres, ce léger relent d'urine qui ne quittait pas les corridors. La fissure venait de l'intérieur. Je ne reverrai plus Maria partie quelque part en province avec sa famille. L'Institution était devenue faillible, des chuchotements traversaient ses couloirs la nuit et dansaient la farandole sur mes lèvres. Même si je dors, je sais ce qui se passe la nuit. Je vois tout, je sais tout et je comprends tout. Quelque chose dans l'air nous déstabilisait tous. On nous faisait prendre plus de médicaments et nous mettre au lit plus tôt, sans notre heure de télé. C'est bien un tremblement de terre qui a tout chamboulé, miss Laurette me l'a dit. Je comprends tout ce qui se passe autour de moi mais je ne comprends pas pourquoi l'avion n'est pas venu me chercher à ce moment-là. Je revois sans arrêt devant mes yeux Mme Fleury-Jacques qui ouvrait la bouche comme un poisson quand il est hors de l'eau. Elle me racontait un tas d'histoires. Je lui avais promis de l'emmener faire un tour dans mon avion.

Mais un poisson hors de l'eau, ça ne peut pas aller dans un avion. Tant pis. L'Institution a tenu mais elle s'était fissurée de l'intérieur. La routine de nos vies s'était fêlée. Mes doigts ont recommencé à me raconter des histoires acérées comme des tessons.

Maria venait s'asseoir près de moi. Elle était vieille et belle, Maria. Des fois elle pleurait en reniflant comme une petite fille, d'une façon qui me faisait démanger la plante des pieds. Je ne parle pas beaucoup. En fait je ne parle jamais. Je suis schizophrène et j'écoute parler des voix dans mon corps. Cela m'occupe assez. Autrefois les voix dans mon corps se mettaient en colère, elles ne se comprenaient plus et brouillaient ma vue. Maintenant elles me parlent tout bas pour que les autres n'entendent pas. Elles me disent tout ce qui se passe autour de moi. Je vois tout, je comprends et j'entends tout. Je vivais à l'Institution et ses quatre murs me regardaient comme des yeux. Je restais à l'intérieur. À l'intérieur de mes autres moi-même. Je ne parlais pas aux autres, je suis comme ça. On me foutait la paix. Je devais juste les surveiller pour qu'ils ne piquent pas mes biscuits dans ma poche. Je sais partir en avion. Maintenant dans cet endroit où mon petit frère m'a amené, des oiseaux me traversent la tête. Je voudrais les étrangler doucement, l'un après l'autre, et les plumer ensuite, une plume après l'autre.

J'ai faim. Je n'ai plus de biscuits. J'ai faim même quand je viens de manger. Je reste debout au coin de la maison à surveiller la bonne qui m'apporte mes plateaux trois fois par jour. Elle s'appelle Livia. À chaque fois que je regarde dans les arbres, la lumière me fait tourner la tête. J'entends renifler Maria. Elle essaie de retenir le filet de rhume qui veut couler de son nez et ça fait un bruit mouillé et glissant qui m'agace. Mais je ne dirai rien. Moi je me tais. Ils n'auront pas un mot de moi, pas un seul, même si mes doigts me démangent horriblement. Joseph est revenu me chercher pendant la nuit, tout ce temps il se cachait sous les blocs de ciment de la clôture de l'Institution et m'attendait. Je suis mort comme Joseph. Et cet endroit où je me trouve est un trou de lumière où je me suis réveillé avec Éliane respirant au-dessus de moi. J'entends renifler Maria. J'ai revu Éliane. Je l'ai regardée et la lumière a traversé ma tête. Elle vit juste à côté, à un jet de pierre. Grégoire m'a amené dans cette maison. Je connais cet endroit. Ou peut-être pas. Des oiseaux chantent dans les arbres. C'est sûrement eux qui ont volé mes biscuits. Je savais aller à la chasse aux oiseaux avec ma fronde. Du sang dans leurs becs. Leurs yeux crevés. Je suis fatigué tout le temps. Il y a un homme dans cette maison. Ce n'est pas Tòy. Il a peur de moi, ce type, je sais bien quand quelqu'un a peur de moi. Je sais tout. Ecclésiaste, on l'appelle comme cela. J'ai horreur quand il me touche mais je le laisse me donner mon bain. J'ai pissé dans sa main alors qu'il me lavait avec l'éponge. Il transpire beaucoup et ne me regarde jamais dans les yeux. Il dort dans la pièce à côté mais je sens sa peur à travers le mur qui nous sépare. Je lui enlève le sommeil, ha, ha, ha !...

Le plus insupportable était l'attitude d'Alexandre que personne ne comprenait. Il ne défiait même plus Papa, il semblait ne plus le connaître. Il l'ignorait. Les punitions le laissaient indifférent. Il avait changé d'école trois fois en quatre ans. Jours après jours, semaines après semaines, les notions d'horaire, de discipline, de vivre ensemble semblaient perdre de leur sens pour lui. Peu lui importait d'être puni, de rester enfermé deux jours dans sa chambre. Il en sortait un peu plus étranger, un peu plus indifférent et indompté. Francis Bernier désespérait. Alexandre était une énigme qui le bouleversait beaucoup plus qu'il n'en laissait paraître à quiconque, même pas à sa femme. Mais notre mère savait qu'une transformation subtile mais grave s'opérait dans le corps et l'âme de son fils. L'orgueil aveuglait Francis. Il fallait un médecin pour soigner cette chose qui lui volait la vie d'Alexandre mais il tardait à le reconnaître.

Grégoire et moi sommes devenus plus proches à cette époque-là. Les changements d'humeur d'Alexandre nous déroutaient, chacun de nous pour des raisons différentes.

Je me sentais responsable de ce qui arrivait à Alexandre. D'avoir souvent souhaité qu'il lui arrive un malheur ou qu'il commette des erreurs qui le diminuent aux yeux de Papa, je portais un sentiment confus de culpabilité de voir que mes vœux se réalisaient, que le désamour s'installait entre mon frère et mon père. Mais à quel prix ! Pouvais-je défaire ces vœux qui n'étaient au fond que l'expression de mon besoin de plus d'attention ? Comment expliquer à Dieu ou au Diable que je n'étais pas sincère, que j'aimais Alexandre et ne voulais pas de ce frère que je perdais par intermittence ?

Et puis un jour la police a arrêté Alexandre. C'était au temps de la dictature. Ils ont dit à mon père qu'il assistait aux réunions des jeunesses communistes. Un cousin de la famille, lui, avait entendu une autre version de l'histoire. Alexandre avait une petite amie qui sortait aussi avec le fils d'un sbire du régime. Il payait le prix de son impudence. Depuis cette arrestation le cours de la vie avait pris un tournant aigu. Une fois rentré à la maison Alexandre était devenu incontrôlable. Le peu d'autorité que Papa exerçait sur lui avait sauté. Il devint violent et il fallut prendre soin de lui. Il fallut l'enfermer, le temps de le soigner et qu'il redevienne lui-même.

Notre vie se déroulait désormais au rythme des internements et des retours à la maison d'Alexandre. Le rythme lent du début se pressa au fil des années. Une période de répit suivait ses séjours dans une clinique spécialisée. Quand il partait, la tension se relâchait dans la maison, nous vivions mieux, respirer redevenait naturel ; mais nous savions pourquoi nous respirions mieux. Alexandre rentrait à la maison après quelques jours et l'on pouvait croire un moment que tout allait bien. Il était calme, un peu trop calme mais souriant, l'humour subtil, les sourires inattendus, comme d'habitude. Gabrielle lui sautait au cou et la vie reprenait un cours apparemment normal. Mais toujours revenait le malaise. Un malaise dont l'intensité grandissait imperceptiblement. La tension entre lui et Papa était parfois insupportable. Elle atteignait des paroxysmes pour chuter ensuite à zéro. Une fois, entre deux internements, Gabrielle a dit : « Pourquoi on ne le laisserait pas là-bas… pour de bon ? » Les paroles spontanées arrivaient après une crise particulièrement aiguë. Éliane a giflé Gabrielle, une gifle sèche, sans un mot. Elle a tourné ensuite le dos et a monté vivement les marches vers sa chambre.

Alexandre est parti à l'Institution. Pour de bon cette fois. Il n'aimait plus Éliane, son Éliane. Ou du moins il l'aimait avec une telle violence qu'on ne différenciait plus cet amour d'une espèce de haine. Une haine qui a amené le jour fatal. Le jour qui a scellé la rupture. Je n'étais pas chez moi ce jour-là. Ma bécane a pété ses freins alors que je rentrais d'une équipée avec mes copains du quartier. Quand je suis arrivé à la maison, la voiture de l'Institution passait le portail. Ce départ définitif était inéluctable. Nous le savions. Nous le craignions. Nous le souhaitions sans nous l'avouer. Il arriverait un jour où il faudrait le protéger de lui-même de manière drastique. Alexandre brûlait et nous consumait avec lui. L'événement attendu et redouté est arrivé et il est lourd comme une sentence de mort. Nous étions soulagés mais nous avions aussi très mal. Nous ne comprenions pas pourquoi ça devait être pour toujours. Pourquoi Alexandre ne remontait pas la pente, ne se battait pas contre les ombres qui l'emmenaient ? Nous devions encore nous ajuster à une nouvelle façon de vivre notre famille amputée, réapprendre à marcher avec un membre en moins. Marylène m'a beaucoup manqué à ce moment-là. Elle était loin, en Belgique, pour ses études. Elle était sûrement heureuse là-bas. Elle était la seule avec qui j'aurais pu partager mes états d'âme. On ne parlait pas beaucoup dans notre famille, nous laissions le silence garder dans ses profondeurs nos secrets et nos aveux.

Grâce à Gabrielle et tous ses amis qu'elle amenait dans la maison nous avons réappris à vivre. Gabrielle s'épanouissait à l'orée d'une adolescence flamboyante. Elle était une flamme qui s'alimentait de rires, de bonnes blagues, de musique et de danse. Personne ne la connaissait vraiment dans la maison. Elle adorait Alexandre et même dans sa maladie il garda une nostalgique affection pour sa petite sœur. Elle était la dernière personne envers laquelle il manifesta une sorte de tendresse.

Y a-t-il eu un moment de ma vie où je ne courrais pas après un homme ? J'ai cherché l'amour et la voix d'un homme pour remplir mes quatre murs. Parce qu'une femme se doit d'avoir un homme dans sa vie, dans sa peau. Un homme à soi, un chasse-solitude. Un ami qui ne le restera pas longtemps, un amant en devenir. Un mâle qui sent fort, qui pense fort, qui parle fort et baise fort. Ce besoin d'un homme peut devenir une obsession. Un homme ou la perte de sens de tout. Il n'y a pas d'hommes dans Port-au-Prince et dans Pétion-Ville. Il n'y en a plus pour les femmes de mon âge du moins. Toutes les relations amoureuses sont scellées dans le compromis ou la compromission. On emprunte l'amant ou l'époux d'une autre, bon gré, mal gré. Pour un moment, un long moment, je voudrais ne pas avoir à aimer ni désirer d'être aimée. La paix des sens. Ô joie...

Finalement il est bon d'être une femme, de ne pas avoir à assouvir les exigences d'un sexe raide dès petit-matin. Ne pas être esclave de la bande-pisse, et toutes les autres bandes de toutes les autres heures du jour et de la nuit qui se dressent au parfum d'un jupon, au galbe d'un mollet, aux poils qui pointent discrètement sous une aisselle. Dix ans de mariage, un mari étranger avec qui je n'ai rien partagé, quelques amants pour tuer le temps quand la peinture se refusait à moi. Une femme qui peint, ça excite la curiosité des sens. Est-ce qu'elle est comme les autres ? Est-ce qu'elle fait ça comme les autres ? Et si par un tour de magie je devenais l'homme, pour changer ? Celui qui décide quand il veut, quand il vient, qui brise les cœurs de ses mains sans même s'en rendre compte. Je me souviens de la jalousie. La jalousie qui brûlait comme de l'acide dans ma gorge quand je sentais sur leur peau la présence d'une autre. La jalousie quand l'amour est à bout d'illusions. La jalousie pour masquer les déceptions. Et pourtant, je ne leur faisais pas d'exigences à ces hommes. De l'affection, un peu de respect et de décence. Est-ce trop demander ?

Marylène était jalouse d'Alexandre. Il pouvait tout se permettre, ou presque, il avait tous les droits. Elle était une fille, symbole d'une fêlure, d'une blessure toujours probable, sans savoir pourquoi. Elle était l'aînée, celle qui subit les tâtonnements des nouveaux parents, leur surprotection, leurs décisions injustes. Avec le deuxième enfant, un garçon de surcroît, ils avaient bien moins peur. Marylène avait beau exceller en dessin, en piano, à l'école, elle n'en faisait jamais assez pour recevoir autant d'attention que son frère. Alexandre était l'enfant attendu et souhaité de Francis, sa fierté, le petit mâle, un autre lui-même en miniature. Puisque Marylène était passée par là sans trop de casse, on pouvait être plus tolérant avec Alexandre, un garçon. Ils ne savaient, ne pouvaient pas savoir combien ce garçon leur coûterait d'angoisses et d'insomnies.

Marylène est une introvertie d'une sensibilité maladive. Elle subissait une injustice qui la blessait continuellement dans ce qu'elle avait de plus essentiel, son estime d'elle-même et sa soif d'amour. Mais elle n'en parlait pas, ne savait à qui ni de quelle manière en parler. Peut-être n'en était-elle même pas consciente, pas tout le temps. Marylène vivait une vie de fillette normale et personne ne pouvait se douter qu'elle nourrissait tant de chaos en son âme. Un moment elle était souriante et chaleureuse, l'autre elle se refermait sur elle-même et ruminait toutes sortes de mauvaisetés contre Alexandre et tout le reste de la famille. J'étais toutefois une exception à la règle. Moi je vivais dans une sorte d'univers neutre à l'intérieur du cocon familial. On semblait m'oublier tant que je n'étais pas malade et que je faisais mes devoirs de maison. Ma grande passion était les randonnées à vélo seul ou avec mes copains du quartier. Je jouissais des privilèges élémentaires de mon statut de troisième enfant de la famille, sans plus. Marylène se retrouvait un peu en moi, même si sa révolte m'était tout à fait étrangère. Elle s'amusait à des petits jeux où j'étais son esclave, son valet, celui qui devait exécuter tous ses caprices. Je me laissais manipuler puisqu'elle me récompensait avec des sucreries ou bien qu'elle m'aidait à faire mes devoirs. J'aimais bien ma famille et ne pensais pas que la vie pourrait être autrement qu'elle était. Il fallait marcher droit avec mon père, ça je l'avais compris, nous l'avions tous compris. Mais en grandissant Alexandre semblait oublier les codes familiaux et les principes de Papa. À vrai dire je ne comprenais pas pourquoi au fur et à mesure qu'Alexandre grandissait, il devait vivre dans une logique de tension avec notre père. J'ai mis du temps à le comprendre. Nous avons tous mis du temps à le comprendre.

Gabrielle, celle de nous quatre qui a eu une enfance relativement normale. La petite dernière, mignonne comme tout ; tout le monde avait envie d'embrasser Gabrielle et de caresser ses couettes rouges. D'où lui venaient cette tête poil-de-carotte et ses taches de rousseur, personne ne savait. Entre Alexandre et elle, il existait une amitié particulière. Il n'y avait qu'Alexandre capable de lui soulager un bobo, ou l'encourager à avaler une médecine pour les vers ou la fièvre. Gabrielle pouvait rester des heures à tourner autour d'Alexandre qui découpait des cartons et du papier fin de couleur pour fabriquer des avions. Ils savaient rire ensemble de choses dont nous semblions exclus. Alexandre racontait à sa petite sœur qui savait à peine parler des histoires merveilleuses de poissons aux écailles vermeilles, d'oiseaux de lumière habitant la cime des chênes. Et d'avions qui les emmenaient en voyage dans des pays où les petites filles aux cheveux rouges étaient des princesses. L'imagination d'Alexandre était sans limites quand il s'agissait de faire ouvrir grand les yeux de Gabrielle. Il ne fallait jamais réprimander Gabrielle car

Alexandre se fâchait. Éliane fronçait alors les sourcils et avait l'air inquiet de cet amour farouche.

Gabrielle a dû se sentir orpheline de l'affection d'Alexandre comme je me sentais orphelin de celle bourrue de Marylène. Orpheline de ce froid qui depuis un certain temps semblait transir ses sentiments, ses sourires, jusqu'à l'élan de ses bras qui savaient la projeter dans l'air, effrayée et heureuse. Mais Gabrielle n'était pas une petite fille à pleurer longtemps. Il lui fallait rire ou mourir. Elle trouva dans ses amis d'école, ses cousines et leurs amis une autre famille. Elle se sentait bien hors de la maison familiale et réclamait toujours d'aller jouer et dormir chez ses copines. La clique des sœurs du Sacré-Cœur de Turgeau. Il lui fallait toujours du monde autour d'elle, du monde qui n'était pas nous, ou bien elle devenait une âme en peine. Il lui fallait des rires, des blagues à n'en plus finir, de la musique qu'on devait à longueur de journée lui demander, la prier, la supplier de diminuer de volume. Il lui fallait la stimulation de tous ses sens tout le temps. Je crois aussi qu'elle est très portée sur la bagatelle, ma petite sœur. Et Jules qui se plaint que Gabrielle est trop mondaine. Il est jaloux de ses copines du Sacré-Cœur machin, de leur complicité, de leurs secrets. Mais c'est l'essence même de Gabrielle de se nourrir hors de son nid. Il lui faut d'autres points de repère, d'autres chaleurs, tout le temps. Elle a trouvé chez les autres un refuge à ses angoisses. Avec les autres elle pouvait oublier. À chacun sa façon d'oublier.

Subtilement, je devenais l'homme de la progéniture Bernier, le rescapé, qu'on gâtait plus que de mesure, qui entrait dans une fausse maturité incitée par la maladie d'Alexandre. L'avancée d'Alexandre dans l'adolescence se faisait dans une étrange turbulence. L'atmosphère du foyer était traversée de petits orages intermittents et quand ils se dissipaient il fallait vivre deux fois plus, jouir vite et de tout et être heureux du simple fait d'être ensemble. Alors on faisait un peu plus attention à moi presque instinctivement, pour éviter une éventuelle répétition ou une rupture. Ça c'était déjà vu, plusieurs membres d'une famille à souffrir du même mal d'exister. J'étais surprotégé et épié. Moi qui m'étais toujours arrangé pour me faire oublier. Moi qui prenais mon vélo pour descendre me baigner jusqu'à la rivière. Moi qui souffrais des coups de ceinture de cuir sur la peau d'Alexandre. Tout changeait à notre insu dans la maison. Nous devenions suspects, de nous-mêmes et des autres. Devions-nous avoir peur et de quoi exactement ? Que notre famille ne vole en éclats ? Nous apprenions dans l'empirisme le plus total que nous avions un cerveau et qu'il pouvait être malade, au point de nous transformer en un être étrange que les autres avaient du mal à aimer. Sans nous concerter, Marylène et moi amenions de moins en moins souvent nos amis à la maison. Par contre, les visites de nos autres parents augmentaient en nombre et en qualité. On ne venait plus passer un moment chez Éliane et Francis, on venait aux nouvelles à Fleur-de-Chêne, et on venait conseiller, suggérer, soulager.

Seule Gabrielle buvait la vie avec la soif de son âge. Elle ramenait souvent des amies à la maison. Elles s'enfermaient dans sa chambre avec leur musique et on les entendait rire. Elles prenaient parfois Alexandre avec elles, quand il était de bonne humeur, parce qu'il était plus grand et plus beau. La chambre de Gabrielle fut longtemps un îlot de lumière dans la maison assombrie par la maladie d'Alexandre.

Je n'ai pas tout de suite compris l'insulte de Dorothy. Elle était l'une de mes meilleures amies mais nous étions en froid pour quelque motif sans importance dont je ne me souviens plus. Mais je revois son air pincé, l'ondoiement de son cou de vipère alors qu'elle passait devant moi avec deux autres copines. « Elle se croit supérieure aux autres filles alors que sa famille a un anneau chez l'orfèvre. » Et leurs éclats de rires qui me poursuivaient. J'ai demandé à ma mère la signification de cette phrase, que je comprenais de manière diffuse et que Dorothy m'avait jetée à la face en gloussant. « Pourquoi Dorothy Séraphin m'a-t-elle dit que ma famille a un anneau chez l'orfèvre ? Ça veut dire quoi, un anneau chez l'orfèvre ? Est-ce qu'elle parlait d'Alexandre ? » Maman sursauta imperceptiblement et me regarda quelques longues secondes, son crochet immobilisé dans l'air, entre son pouce et son index autour duquel s'enroulait du fil blanc. « Ça voudrait dire que dans notre famille nous cachons… quelque chose dont nous devrions avoir honte… nous n'avons rien à cacher, Gabrielle… alors tu fais bien de ne plus amener cette fille ici, c'est une sotte… », ajouta ma mère qui reprit son mouvement d'une célérité inouïe. J'avais trouvé une occasion de parler d'Alexandre avec ma mère car j'étais convaincue que Dorothy parlait de lui qui ne vivait plus avec nous à cause d'une maladie. Il me fallait comprendre, ou comprendre qu'il n'y avait rien à comprendre. Je voulais entendre des mots rassurants, que Maman me dise que la vie était ainsi faite, qu'Alexandre était malade, de plus en plus malade, qu'elle était aussi chagrine que moi mais qu'elle continuerait quand même de l'aimer, comme moi je l'aimais. J'avais dix ans et j'avais soif de réponses pour satisfaire la petite fille qui vivait des circonstances très particulières. Cette scène est restée vivace dans ma mémoire. Aujourd'hui quand j'y repense, je me dis qu'à ce moment-là, elle songea sûrement à l'injustice de la vie et se retint probablement de pleurer. Peut-être pensa-t-elle qu'elle m'expliquerait tout cela plus tard, quand je serais plus grande. Qu'elle m'expliquerait ce qui s'était passé ce matin-là, dans le lit d'Alexandre, quand elle nous avait trouvés endormis. Qu'elle me dirait pourquoi au fond de ses yeux j'avais vu tant de frayeur. J'avais quoi, six ans ? J'aurais voulu lui parler de cette image dans ma tête, floue celle-là, de cette pénombre ponctuée d'éclats de rires, et de ses yeux à elle qui me firent douter pour la première fois. Tellement de paroles sont en retard entre Maman et moi. Mais je décidai d'oublier, de continuer à ne pas comprendre. Comme oublier était devenu une habitude et une manière de vivre, de prétendre que tout allait bien, que je n'étais pas blessée, qu'Alexandre ne me manquait pas, que cette douleur ne me lâchait pas, que je ne pouvais pas l'oublier même quand je fermais les yeux très dur.

Des fois ses yeux changeaient. Ils devenaient fuyants. Et je savais qu'il ne fallait pas insister, pas le chercher. Il subissait quelque chose de l'intérieur, une agitation sombre, sa mâchoire se serrait. Mais le pire à supporter fut son indifférence. Je revoyais Alexandre à quatre pattes qui me portait sur le dos pour faire le tour de la terrasse. J'étais une petite fille grassouillette de cinq, six ans et lui un petit gars de trois ans, et il s'essoufflait, et il grognait sous l'effort, et nous nous amusions comme des fous. Ce même Alexandre me regardait quelque douze ans plus tard, du lieu de son absence, et je m'effrayais de son vide. Et dire que quand ça a commencé à mal aller j'ai jubilé secrètement de l'embarras de Papa. Alexandre écopait des retenues à l'école et ses notes baissaient. Papa usait du fouet. Mais mon plaisir était ambigu, mitigé et coupable. J'avais quand même mal pour Alexandre et mes belles notes à l'école n'intéressaient plus vraiment que Maman.

Cette bourse pour étudier la peinture à l'académie des beaux-arts de Liège m'a sauvé la vie. J'avais été lauréate d'un concours de fresque lancée par l'ambassade de

Belgique en Haïti et on m'offrait une bourse d'études. Et je partirais en Europe, toute seule. Et j'allais changer de vie, d'identité, d'histoire. J'allais quitter cette maison. J'allais prendre congé du regard d'Alexandre. Je voyais un abîme au fond des yeux d'Alexandre. J'en étais fébrile. Je voulais disparaître, me fondre dans l'anonymat d'une ville étrangère, recommencer ma vie de zéro. Loin de ma famille. Loin d'Alexandre. Loin de mon père, Francis. Il m'arrivait une chose énorme. Un voyage vers l'inconnu et des études en beaux-arts. Un rêve. J'avais un peu peur en partant mais mon besoin d'ailleurs était plus fort que tout. Ma mère me serra en plusieurs fois sur son cœur et me prodigua quelques conseils que je lui promis de suivre. Au fond, tout le monde était content que je parte. Je devenais méchante, je répliquais à mes parents ou bien j'avais des crises de larmes. C'était tabou dans nos coutumes qu'un enfant, même de dix-neuf ans, réplique à ses parents. Maman essayait parfois de me raisonner ou me morigéner ; mon père, quant à lui, m'opposait le bouclier de son autorité et m'ordonnait avec ses regards. Comme j'enrageais de sa froideur ! Et avec toutes les autres situations que nous gérions, la maison produisait sa propre électricité. Mon père ne mit pas longtemps pour me donner sa bénédiction, je m'attendais à ce qu'il soulève des objections, mais il sembla heureux de l'opportunité qui s'offrait à moi. Je lui suis reconnaissante de m'avoir laissé m'envoler par la fenêtre ; il m'a donné la première et la meilleure chance de ma vie. J'allais enfin vivre pour moi-même, souffrir et aimer pour moi-même et créer à en mourir. J'ai pris cet avion comme un prisonnier qui s'évade. J'y suis restée quarante ans en Belgique, quarante-quatre ans, plus précisément. Le temps de m'abîmer, de me taper la tête contre les murs, de tout rejeter, de me perdre dans la drogue et toutes les bêtises que l'on fait pour se punir et punir les autres. J'ai aussi appris un tas de choses, à surmonter ma peur d'être moi-même, d'être irritable comme ma mère ; j'ai pris quelques belles leçons d'humilité qui m'ont profondément brûlée mais aussi sauvé la vie ; j'ai mis beaucoup d'années pour voir s'éteindre la colère qui veillait en moi ; et j'ai fini par apprendre comment m'habiller en hiver. J'expose dans un circuit de petites galeries spécialisées dans des quartiers du centre-ville de Bruxelles comme La Bascule ou Les Marolles. Je leur envoie une douzaine de toiles par année. Ça se vend bien, ou plutôt mon nom se vend bien. Un Marylène Bernier. J'ai aussi des débouchés à New York. Ces études me sauvèrent de moi-même. J'ai l'art dans le sang et à chaque fois que j'étais sur le point de m'effondrer, je m'injectais des doses de couleur et en faisais des toiles insolites qui me firent remarquer de mes professeurs, de mes collègues de l'université et des marchands d'art à l'affût de jeunes talents. J'ai eu de la chance. J'exposais mes toiles dans les rues, sur les places publiques de Louvain où j'avais déménagé pour suivre un nouvel amour. Et mes couleurs possédant les objets les plus banals hurlaient à la face des promeneurs et les blessaient, les dérangeaient mais s'attachaient à eux. On parla de moi dans les journaux spécialisés. J'ai couché avec quelques personnalités bien placées qui m'ont ouvert leurs carnets d'adresses à Bruxelles. Une Haïtienne dont on commençait à retenir le nom. Après une quarantaine d'années je suis revenue chez moi à Fleur-de-Chêne. J'ai pris cette décision en un seul jour, comme ça, sans y croire la veille. Mon père vivait encore. Alexandre habitait une Institution. Les parents étaient vieux. Pendant ma vie là-bas, j'avais rarement revu les membres de la famille et nos échanges épistolaires étaient tout aussi rares. L'Internet et les messages électroniques n'existaient pas encore. Une fois nous fûmes tous réunis chez notre cousine Laurence à New York à l'occasion de mon premier vernissage dans cette ville. J'avais eu du plaisir à voir Grégoire et sa première femme que je ne connaissais pas, Gabrielle était belle, trop belle, et son énergie pour le shopping m'épuisait. Nous n'avions pas grand-chose à nous dire en dehors des histoires concernant la famille, j'évitais trop de réminiscences. Nous avons fait beaucoup de shopping. Quand je suis partie du pays j'avais laissé une fillette et bien des années plus tard je retrouvais une fillette dans le corps d'une superbe femme. J'envoyais parfois à Maman des coupures de journaux ou de magazines où l'on parlait de mes œuvres et de moi, mais la famille ne suivait pas de trop près l'histoire de ma vie. Je n'étais jamais revenue au pays, la preuve que j'allais bien.

Je suis revenue vivre en Haïti. Quand je suis rentrée au pays j'ai compris que mes os n'en pouvaient plus de l'hiver. Les chênes coiffaient davantage l'espace de la cour à Fleur-de-Chêne. La vie était plutôt bonne si on ne mettait pas trop souvent le nez dehors. Je sors rarement. J'ai de rares amis. Je parle très peu aux journalistes. Avec mon blog que j'entretiens régulièrement, je reste en contact avec le monde, le monde de l'art surtout. Je suis une migraineuse et je porte un pacemaker. Il m'est interdit de fumer. Je n'ai pas d'enfants, je n'en ai jamais voulu. J'ai donné la vie à un fils qui vit quelque part sur la terre et que je vois parfois dans mes rêves. Il a les beaux yeux d'Alexandre.

J'ai appelé une agence de mannequins pour trouver la jeune modèle. Juste un coup de fil. Un geste simple, alors que je me suis donné pendant si longtemps toutes sortes de raisons et d'excuses pour ne pas le faire. Je ne vais plus peindre des natures mortes. Je l'ai décidé la première nuit qu'Alexandre a passée à Fleur-de-Chêne. Trop d'émotions sclérosées dans ma peau, dans mes os, mes rêves. Alexandre est revenu et il prend chaque matin un bain de soleil dans son petit jardin et il marche autour de la maison. C'est déjà une habitude, il s'est installé tout seul dans son rythme. Même si les galeristes d'ici et d'ailleurs me commandent régulièrement mes citrons et mes cristophines psychédéliques, je ne veux plus peindre ce qu'attendent les autres. Je veux peindre du sang qui court dans des veines, la lumière quand elle sort des yeux ; je veux mettre sur la toile des peaux et leurs parfums comme si elles m'appartenaient. Des peaux de femmes. Des longs cils de femmes. Je vais arrêter de peindre des aubergines jaunes et des tomates bleues démesurées dans des paysages lunaires. Je reproduirai à la place des gencives violettes dans un sourire indéchiffrable.

74

Ce besoin me démange. Est-ce qu'elle a des gencives violettes cette fille qui veut poser pour moi ? Elle m'a appelée une fois, juste avant Alexandre et le branle-bas… Et depuis je n'ai pas eu le temps d'y repenser. J'ai besoin de peindre, il faut que je retourne à mes pinceaux. Je panique un peu. Et la migraine rôde, j'ai pris des cachets pour éviter la crise, j'espère que ça marchera. Elle semblait très intéressée par l'expérience, ma future modèle. Sa voix est très jeune. Je me demande ce qu'elle fait dans la vie. Nous étions convenues qu'elle viendrait poser pour moi deux fois par semaine, le lundi et le mercredi après-midi. Mais nous n'avions pas encore décidé de la date de la première séance. Que fait dans la vie une jeune femme qui peut venir poser pour un peintre le lundi et le mercredi après-midi ? Est-elle une étudiante, un mannequin intermittent, une femme entretenue, une infirmière de nuit ? En tout cas, elle a le goût de l'aventure, elle a envie d'une nouvelle expérience, un peu comme moi qui veux peindre le pouls qui palpite au creux du cou. Ça je l'ai compris tout de suite. Elle n'a jamais posé avant, elle me l'a dit au téléphone. J'ai précisé que je voulais peindre son portrait, que je voulais de son visage. J'espère qu'elle a le cou gracile. Oui, m'a-t-elle dit, votre prix sera le mien. Je ne l'ai pas rappelée comme je le lui avais promis. Ça va faire quinze jours maintenant. Je n'ai pas non plus répondu à ses appels. Ses nombreux appels. Depuis qu'Alexandre est parmi nous tout est resté en suspens. Mes élans créateurs se sont cassés, mon énergie est orientée sur ce qui nous arrive après quarante ans. Je pense beaucoup à Papa. Il en aurait ressenti une grande anxiété, comme nous, même si nous sommes heureux qu'il soit revenu parmi nous, enfin parmi nous, chez lui. Comment expliquer ce mélange de sentiments confus ? Le plus important, je crois, malgré le traumatisme et l'impression d'avoir été pris au piège d'un destin ayant un drôle de sens de l'humour, le plus important est cette légèreté qui supplante tout, qui nous reste dans la tête au bout du compte. Un poids s'est levé de nos vies. Il me semble qu'Alexandre a accepté le changement mais que malgré tout son corps en souffre ; il regarde tout avec des yeux désemparés et assoiffés qui fouillent la lumière dans les chênes et s'effraient du chant des oiseaux. Je pense à des choses très pratiques comme le bouillon aux légumes sans sel, ou presque, pour Alexandre qui fait un œdème des pieds depuis son arrivée. Je pense à son bain, ses repas, ses médicaments. Il faut superviser Ecclésiaste, écrire les instructions à exécuter ponctuellement durant la journée. Il faut trouver une routine sinon je vais être dépassée. Je dois prendre rendez-vous avec le dentiste, il a plein de caries et une dent manquante à remplacer. Grégoire l'y conduira, pas moi. Il faut aussi que je m'entende avec Grégoire sur nos responsabilités. Question de ne pas finir par s'agacer à se marcher sur les pieds. Ils semblent tous surpris que je puisse me rendre utile. Je n'ai jamais pu supporter cette façon qu'a ma famille de me voir. Elle m'a appelée une douzaine de fois au moins la jeune femme à la voix de petite fille. Je n'ai pas pris ses appels. Elle s'appelle Norah.

Je n'arrête pas de pisser. Comme si tout mon corps était un ballon plein de pisse qu'on a percé d'un trou. Je cours aux toilettes mais parfois je n'ai pas le temps de défaire ma braguette et je me mouille. Ecclésiaste fronce un peu les sourcils quand il voit mon pantalon avec des plaques humides. Mais ça me fait du bien quand je pisse. Après je me sens mieux, je respire un grand coup, mes doigts se relâchent, mon cou se détend. Je connais cet endroit. Hier j'ai fait quelques pas dans la direction du portail et j'ai vu des yeux qui me suivaient. Ils m'épient tous, tant qu'ils sont. Ils font semblant de travailler mais ils m'observent, je suis un animal étrange. Je n'arrête pas de chercher autour de moi quelque chose, une image, un objet qui manquent. Je connais cet endroit. Mon petit frère est là, Éliane, Marylène sont là mais tout est à l'envers ici. La maison d'Éliane est devant-derrière et j'entends un enfant hurler. Mon père s'appelle Francis. Il ne m'apporte plus des biscuits. Je dois chercher, il faut que je trouve l'avion. L'ont-ils enterré sous un arbre ? Si je trouvais l'avion je saurais exactement où je suis. Les oiseaux dans les branches des arbres me racontent en même temps mille histoires. Eux ils savent ce qui est arrivé ici, ils savent pourquoi on a monté ces clôtures et des maisons derrière ces clôtures. Ils savent d'où viennent tous ces bruits que j'entends, ces ronflements que le vent emporte et qui m'empêchent de trouver l'avion. Ces oiseaux dans les arbres, ils connaissent une femme du nom d'Éliane qui me tenait par la main. Je n'irai nulle part, tant pis s'ils ont peur quand je m'aventure devant le portail. Je cherche une image qui revient sans cesse mais qui reste dans l'ombre derrière ma tête, prisonnière des voix derrière ma tête. Je veux entrer dans la lumière même si elle me fend le crâne en deux parties inégales. Les oiseaux m'ont volé la lumière. J'ai vu une femme dans la maison de Grégoire. Elle m'a fait un signe de la main. Je connais cet endroit. Le vent agite les arbres et des cris tournent en rond dans le feuillage des chênes.

Les informations sur le site sont claires. Quand on a un frère comme Alexandre, le risque d'être schizophrène est d'environ six à quatorze pour cent. Une statistique élevée, quand même. Je suis donc passé à quatorze pour cent d'être fou ? J'avais quatorze pour cent de chance de disjoncter, comme Alexandre l'a fait sous nos yeux impuissants. Pourquoi n'y ai-je jamais pensé auparavant sous cet angle-là ? Le risque a toujours été là pourtant. Est-ce de voir Alexandre perdu dans son silence et ses ombres, assis sur le fauteuil en rotin devant la petite maison bleue qui m'a fait comprendre que toute ma vie a été un sursis ? Combien de fois ai-je cru que je perdais la tête, que tout allait de travers ? Pourquoi ai-je divorcé deux fois ? Pourquoi n'ai-je jamais eu d'enfants, comme Marylène ? Est-ce que mes quatorze pour cent de folie potentielle ont refusé de tenter la chance ? Quand j'ai eu vingt ans, une fille avec laquelle je sortais est tombée enceinte de moi. Elle était aussi catastrophée que moi et s'est fait avorter sans y réfléchir à deux fois et sans état d'âme. Depuis lors mon corps s'est cadenassé. Mes deux premières épouses ne sont jamais tombées enceintes. Malgré les traitements médicaux et la médecine douce. Médicalement elles n'avaient pas de raison de ne pas enfanter. Moi aussi, apparemment, puisque je m'étais de guerre lasse soumis à des tests de fertilité. Ma prétendue stérilité est-elle psychosomatique ? Est-ce que ça existe, une infertilité psychosomatique ? Je dois questionner santementale.com à ce sujet. Il faut que je sache. La pauvre Sophia, je crois qu'elle s'en est fait une raison en tout cas. Son rêve d'un bébé à dorloter s'est épuisé. Mais comme elle aime baiser autant que moi, cette affaire d'infertilité ne nous a pas perturbés autant qu'avec mes deux autres bonnes femmes. Je n'en pouvais plus de ces attentes méchantes, de ces soupirs d'accusations et de menaces. De ces obsessions qui emplissaient tout l'espace de nos vies, qui observaient comme des voyeurs nos ébats dans le lit. Alexandre est comme un enfant docile. Je l'ai emmené chez le médecin et il a subi la consultation sans broncher, l'air un peu suspect quand même. Il fait un œdème aux pieds et aux couilles. Bizarre. Le médecin a conclu à un choc psychologique et physiologique dû au changement d'environnement et d'alimentation. Il mange comme s'il ne pouvait jamais se rassasier. Et il cache de la nourriture dans des recoins de la petite maison. Il a dit à Ecclésiaste que les oiseaux lui ont volé ses biscuits et qu'il va partir en avion. Il parle aux boniches de chez ma mère et de Marylène. Il paraît qu'il leur dit des bribes de phrases ; je ne l'aurais jamais cru possible. Alexandre exerce une attraction sur le personnel de nos maisons. En ce qui me concerne, quand je lui dis bonjour, il se contente de hocher la tête avec un sourire indéfini en me faisant un signe de la main.

Je travaille chez Mme Éliane depuis vingt bonnes années maintenant. Je suis la plus ancienne des servantes de la famille. Antonius fait à manger pour Mme Éliane quand il ne s'occupe pas du jardin. Antonius est un garçon-ma-commère. Mais il fait foutre bien la cuisine et il est propre de sa personne, ça suffit à la patronne. Tant pis pour sa démarche efféminée et ses jours de sortie où l'on prétend qu'il s'habille en femme. Moi, j'ai fini par l'accepter mais cela n'a pas été sans un très gros effort. Mme Marylène n'a qu'un garçon de cour, Narcesse, qui fait tout chez elle. Elle vit dans sa maison à l'autre extrémité de la cour. Chez M. Grégoire, derrière la clôture de bois, Anna et Solon s'occupent de la maison. Humm, une belle paire ces deux-là. Je ne mettrais pas ma main au feu, mais quand leurs patrons sont sortis, je crois qu'ils s'en donnent à cœur joie dans la maison. La belle Anna ne peut pas voir un pan-talon d'homme sans se troubler jusqu'à la racine de ses cheveux. Pourvu qu'elle ne s'avise pas d'avoir des idées par rapport à M. Grégoire. Il est un chaud lapin, M. Grégoire. Quant à Solon, deux femmes différentes sont venues en deux fois jusque dans la cour et se sont mises à gueuler en lui réclamant de l'argent pour leurs enfants. Je n'oublierai jamais ces histoires. Le scandale. Quel choc ! Du temps de M. Francis, Solon aurait pris la porte au premier esclandre. M. Grégoire est vraiment tolérant, enfin, il est un homme encore jeune qui sympathise avec ces débordements masculins. Je fais la lessive, le ménage et le service à table. Une bonne vieille dame, Mme Éliane, même si elle a parfois de ces coups de colère qui font trembler les vitres de la maison. Une bonne chrétienne surtout, toujours prête à rendre service. Elle a cousu elle-même avec sa vieille machine à pédales la robe de première communion de ma Junia. Elle fabrique aussi toutes sortes de petites merveilles pour la maison avec son fil et son crochet. Au moins une douzaine de filleuls la visitent régulièrement et elle les aide selon ses moyens.

Je savais qu'elle avait un fils qui était enfermé quelque part parce qu'il était malade dans la tête. M. Alexandre qu'on l'appelle. Quand la famille se réunit chez Mme Éliane pour déjeuner le dernier dimanche du mois, on n'entend pas facilement son nom dans les conversations. On croirait qu'il vivait très loin à l'étranger. Le vieux M. Francis, paix à son âme, allait le voir régulièrement une fois par mois dans cet endroit où il se trouvait. Il revenait de ses visites taciturne et sombre, et se servait un cognac aussitôt sa canne et son chapeau déposés. Depuis que je suis à son service, je ne me souviens pas que Mme Éliane ait visité ce fils.

Imaginez mon émotion quand j'ai entendu M. Grégoire qui parlait au téléphone et disait à quelqu'un au bout du fil que son frère Alexandre allait venir habiter avec eux, là, dans la cour. Et pire, qu'il arrivait dans la famille un an, jour pour jour, après la mort de M. Francis. Je me doutais de quelque chose, je dois l'avouer, quand ils se sont réunis cet après-midi-là dans le jardin. En servant le café, j'ai senti de la gravité dans l'air, comme une grande émotion qui planait. Tout cela est au-delà de ma compréhension. C'est la main de Dieu qui est en action. Quand ils sont partis, Mme Éliane m'a juste regardée et m'a dit : « Livia... » Elle n'avait pas besoin de m'en dire plus. On se comprend, Mme Éliane et moi. On est des femmes d'épreuves et de courage. Moi, quand Marcel est mort du sida en me laissant avec les cinq enfants, le ciel m'est tombé sur la tête. J'ai eu les bras et les jambes coupés, d'un seul coup ! Marcel était un salaud, un infâme coureur de jupes, mais il me donnait de l'argent régulièrement chaque fin de mois pour les gosses. Il était un plombier hors pair qui devait parfois refuser du travail. Quand il est devenu faible au point de devoir garder le lit, j'ai vu venir des jours sombres. Mais cependant il vivait encore, l'espoir était aussi ténu que son souffle, mais il était là l'espoir. Des amis sont venus plusieurs fois me dire d'aller avec Marcel chez le bòkòr, que cette histoire de sida était de la frime et que c'était sûrement des jaloux qui lui avaient envoyé une expédition de morts. Mais je m'en suis tenue à la prière et au jeûne avec mon église, ce n'est pas à mon âge que j'allais commencer à fréquenter ces endroits-là. Et puis un jour il a fermé les yeux, emporté par la pneumonie, après deux années de souffrance. Avec les regards des voisins sur mon dos pendant que j'étais à terre, j'ai cru que je perdais la tête. En fait, je crois l'avoir perdue pendant quelques jours. Mais j'ai tenu bon. Mme Éliane m'a beaucoup soutenue. C'est moi qui prépare à manger à M. Alexandre sous les instructions de Mme Marylène. Il a été malade à son arrivée, ses pieds se sont enflés et son souffle était court. Pas de sel ni de graisse dans son manger. Ecclésiaste, le nouveau qui s'occupe de lui, dit qu'il a vu M. Alexandre penché sur son lit et l'observant attentivement au milieu de la nuit. Il vient d'un bourg au bord de la mer, au fin fond du Far-West, ça s'appelle Port-à-l'Écu, je crois, et ce jeune gars a des histoires de loups-garous plein la tête. Il en perd le sommeil. Il panique, Ecclésiaste, il a peur de M. Alexandre. Moi je le trouve plutôt inoffensif et si frêle, M. Alexandre. Son regard est tellement expressif, il parle avec ses yeux, des yeux doux. Pourtant son regard peut s'alourdir parfois sur vous jusqu'à vous empêcher de respirer On a installé une télé pour M. Alexandre, nous nous retrouvons là le soir, après le service, Antonius, Anna, Solon, Narcesse et moi, pour bavarder un peu et échanger les nouvelles de la cour. M. Alexandre dort tôt, le petit salon est à nous.

Grégoire n'a pas été comme ça depuis trois ans au moins. Il me cherche chaque soir dans le lit. Il se bat avec ses oreillers, se couvre et se découvre des draps, se tourne et se retourne en faisant bouger le matelas. Il m'empêche de dormir. Et il le sait. Finalement il se colle à mon dos, son arme raide et pointée dans mes reins. Il soupire, dit mon nom, Sophia, et il me caresse les épaules et les cheveux, comme le ferait un enfant. L'enfant que je n'ai jamais eu. Je dis oui à Grégoire, la plupart du temps. Il ne m'a jamais dit pourquoi il a divorcé deux fois. Mais moi je ne divorcerai pas, j'ai attendu toute ma vie de croiser un homme décent, dans une famille décente. Je suis bien ici, dans cette cour, parmi ces grands chênes. Alors je lui donne autant de sexe qu'il lui en faut, angoisse ou pas, infertilité ou pas.

Cette dernière frénésie a commencé quand Grégoire a reçu l'appel de l'Institution. Je connais mon homme, il réagit ainsi quand il est stressé. Il lui faut du sexe chaque jour. Sinon il ne dort pas. Voilà que sont revenues les angoisses vieilles de quarante ans. Les décisions à prendre, les réunions de famille. D'abord ce fut la mort de Francis. Le pilier qui tombait l'année passée. Naturellement Grégoire devait remplacer son père pour toutes les grandes décisions qui concernaient les affaires de la famille. Pourquoi moi ? se demande-t-il souvent. Marylène est l'aînée. Elle peut aussi bien que moi gérer les histoires de santé d'Éliane, les affaires d'Alexandre, ou encore appeler l'exterminateur pour ce parasite qui est tombé sur tous les agrumes de la cour... Et on dit que les hommes ont le beau rôle. Le beau rôle de souffrir d'insomnie ou d'ulcère d'estomac. Mais non, Marylène peint des légumes monstrueux sur des toiles géantes que les galeries lui arrachent, je ne sais toujours pas trop bien pourquoi. Elle se dérobe en douce quand il faut affronter les problèmes, quels que soient les problèmes. Elle vit comme une sorte de recluse. Madame est une artiste, pour un rien elle souffre de migraine. Toujours avec son tablier barbouillé de taches de peinture, ses tee-shirts et ses pantalons trop grands pour elle. On dirait un homme. Et pourtant elle a eu des amants, quelques hommes ont fréquenté sa maison dans la cour et son lit mais qu'elle n'a pas gardés. Un bon bout de temps que je n'en vois plus chez elle. Elle veut paraître celle qui n'est pas ébranlée par l'affaire d'Alexandre mais elle a recommencé à fumer. Je dois la voir à propos du rendez-vous chez le dentiste.

Norah est venue à l'atelier. Elle a posé le pied à Fleur-de-Chêne. Je ne peux pas lui donner un âge mais elle est très jeune, probablement dans la vingtaine. Nous avions fini par convenir d'un jour et d'une heure de rendez-vous. Il devenait ridicule qu'elle continue de m'appeler au téléphone et que je continue de l'ignorer. À ce petit jeu du chat et de la souris elle semblait plus forte que moi dont les nerfs étaient le plus souvent à fleur de peau pour toutes sortes de raisons que je m'avouais ou pas. Comme cette histoire de personnel de maison qui commence à m'exaspérer. À chaque fois que je vais chez Alexandre pour vérifier une chose ou une autre pendant la journée, je trouve Livia ou Anna ou Solon, ou même Narcesse sur les lieux. L'un ou l'autre, parfois deux d'entre eux, bien confortables dans la petite salle sur l'entrée, là où on a installé la télé. Ça rit, ça glousse, ça fait des commentaires. Ils forment le nouveau club social des boniches et des garçons de cour de Fleur-de-Chêne. C'est le monde à l'envers. Pourquoi a-t-on besoin de ces gens qui vivent dans notre ombre, qui respirent notre air, boivent nos paroles, fouillent nos affaires ? Nous les payons pour nous espionner, rapporter nos gestes et nos humeurs. Ils connaissent nos faiblesses et s'en délectent. Ils nous tiennent par nos vices, flairent nos jardins secrets. Et puis ça parle fort, ça se chamaille, ça se méfie les uns des autres à cause d'un tas de superstitions débiles. S'il ne s'agissait que de moi, je les foutrais tous à la porte, tous tant qu'ils sont. Alexandre les regarde sans dire un mot mais il semble participer d'une certaine manière à leur conversation. Son regard s'anime quand ils bavardent comme ça autour de lui. Ils lui font des commentaires sur les films qui passent à la télé, et lui il émet des sons, des demi-mots, des borborygmes ou des hochements de tête qui n'ont de sens que pour Narcesse, Anna ou Antonius. Ils le comprennent mieux que nous, sa propre famille. Mais qu'est-ce qu'ils foutent chez mon frère à l'heure où ils devraient s'occuper de leurs travaux ? Cela dépasse les bornes à présent même s'ils nous rendent service en s'occupant d'Alexandre les jours de sortie de son garde-malade. Quand je parais, tout le monde se lève, en disant : « Euh… on est juste passé prendre des nouvelles de M. Alexandre. » Ils lui frôlent d'une main les cheveux et s'en vont. Le studio derrière l'écran de bougainvillées est devenu le point de chute du personnel de la cour quand il veut se reposer ou juste observer Alexandre qui semble le fasciner. Il n'y a pas d'histoire, pas de passé, pas de blessures entre Alexandre et eux, pas de cicatrice dans leurs mémoires. Alexandre semble s'accommoder de ces amis de souche populaire. A-t-il d'ailleurs encore une conscience de sa classe sociale ? Ça doit un peu lui faire l'effet d'être à l'Institution où le personnel soignant devient forcément la société des internés. Il faut tout de même que je mette un frein à cette habitude sinon ils passeront plus de temps chez Alexandre qu'à leurs tâches. Je suis sûre que Sophia a dû remarquer ce va-et-vient anormal à côté, mais elle n'en dira jamais rien. Elle est une « terre rapportée » comme elle se plaît à dire et ne s'occupe que de sa maison. Quand elle rentre du laboratoire médical qu'elle dirige avec son associée, Madame ne s'occupe, par ordre de priorité, que de ses plantes et de son mari auquel elle essaie de donner un enfant depuis je ne sais plus combien d'années. Cette blague dans la famille ne fait plus rire personne. Je plains mon pauvre Grégoire.

Je devais ou bien confirmer à Norah qu'elle pouvait venir poser pour moi ou bien lui dire que je n'avais plus besoin de ses services. Cette décision m'a semblé l'une des plus importantes que j'aie eu à prendre depuis très long-temps. Comme celle de divorcer après dix années de vie conjugale. Depuis qu'elle pose pour moi, je pense trop souvent à Norah. Je m'y attendais un peu mais je suis quand même désarçonnée par l'effet qu'elle me fait. Elle a des yeux qui dévorent tout autour d'elle, moi y com-pris. Elle a le cou parfait, les lèvres parfaites, une peau parfaite. Sauf ses doigts qui sont rudes, ils n'ont aucune douceur, leurs jointures sont noueuses, la peau de ses mains est sèche et secrète. Des mains d'une femme aux abois qui se cache derrière un faciès de vingt ans. Je me demande quel est son âge réel. Son français est plus ou moins correct et elle a quelques manières. Je vais peindre des ronces et des roses rouges dans ses cheveux crépus et sau-vages. Elle est entrée dans ma maison et dans ma vie en même temps qu'Alexandre. Pourquoi ? Je suis presque vieille, j'ai plein de cheveux blancs, j'ai toujours été hétérosexuelle. Pourtant elle me fait le même effet que me ferait un homme, quand j'aimais encore l'odeur des hommes. Et Alexandre, il est hétéro, lui ? Il n'est probablement plus rien de toute façon maintenant. Les médicaments ont tué son sexe, ses pulsions, ses instincts ; c'est à ce prix qu'ils ont rafistolé ses morceaux volés en éclats. Je voulais juste qu'elle vienne poser pour moi, Norah.

Gabrielle me fait la gueule depuis hier. En fait non, elle me fait la gueule depuis le retour d'Alexandre. Comme si j'étais d'une certaine façon responsable de ce qui arrivait dans la famille. Elle me punit, en quelque sorte. Mais de quoi ? Je fais de mon mieux pour être utile à tout le monde et pour l'aider à passer ce cap. Car elle est encore sous le choc du retour de son frère, même après plusieurs semaines. Même si nous n'en revenons pas encore qu'Alexandre vive parmi nous et que la terre ne s'écroule pas, qu'il n'y ait pas eu d'émeute dans la cour, que les chênes soient toujours à leurs mêmes places et qu'à l'extrémité de leurs branches pendent les mêmes glands longs et fins couleur de houille dont les oiseaux font leurs nids. Et quand Gabrielle est perturbée, elle peut faire des bêtises, n'importe quelles bêtises. Elle va visiter sa mère chaque jour, depuis le retour d'Alexandre. Du moins, c'est ce qu'elle prétend. Qui sait où elle va quand elle rentre parfois passé huit heures du soir ? Dans l'état des rues toujours occupées par des tentes de sinistrés ? Sans oublier la population d'hommes qui a drastiquement augmenté depuis janvier 2010, un tas d'hommes de toutes races, de toutes provenances, de toutes professions qui ont débarqué au pays et travaillent pour la plupart avec des grosses boîtes humanitaires ou des ONG ; on les voit partout, dans les hôtels de plage, dans les cafés, les restaurants. Les restaurants que fréquentent Gabrielle et ses amis. Elle a besoin de voir ses copines, qu'elle dit, sa belle équipe de gonzesses qui hait les hommes. Je dois encore insister, Gabrielle doit arrêter, non limiter, ces rencontres avec ce quatuor qui l'a accompagnée de la maternelle au bac chez les sœurs du Sacré-Cœur de Turgeau. Elle les a connues avant moi. Cela leur donne sur ma personne une préséance immuable comme un monolithe. Elle aime ces bonnes femmes plus que moi, d'une certaine façon, et elles doivent plus en savoir de ma vie que moi-même. Que leur trouve-t-elle ? De quoi peuvent-elles bien parler ? Je suis jaloux, jaloux et stupide. Je sais qu'elle m'aime. Elle est ma femme. Son devoir est de m'aimer. Elle rit quand je lui dis ces mots-là. Elle aime se moquer de moi et quand elle le fait, j'ai envie de mordre partout son corps qui ne vieillit pas même après les quatre enfants qu'elle m'a donnés. Elle me boude au lit. Toujours cette histoire de ménopause. La ménopause a bon dos. Elle va à la gym chaque jour. Ses cheveux me rendent encore fou. J'aime le geste de son cou quand elle a chaud et qu'elle dégage ses cheveux de sa nuque. Elle sent toujours bon, ma femme. J'aime Gabrielle et elle me fait la gueule. J'ai pris du ventre depuis l'année dernière, mon profil en a pris un coup.

Pourtant quand Grégoire nous a fait venir pour nous annoncer la nouvelle, elle paraissait calme, en contrôle de ses émotions. Mais là, j'ai l'impression qu'elle déprime. Comment aborder le sujet avec elle sans la braquer ?

Je l'ai vu tout de suite dans ses yeux. Des yeux affamés, des yeux qui ont déjà goûté aux certitudes de l'abondance et à l'angoisse de la faim. Des yeux qui connaissent le pouvoir absolu du vice. Son long corps est un vice, il est beau et elle le sait trop bien. On ne peut pas avoir des seins durs comme ça, une bouche ourlée comme ça, des yeux profonds comme ça, des fesses rondes comme ça et les porter en plus à la soif des autres comme une offrande impudique. Elle a des yeux qui ont déjà vécu tant d'histoires dans ce visage si jeune. Moi je dirais qu'elle n'a pas plus de vingt-cinq ans. J'en connais plein de filles comme elle dans mon quartier, dans tous ces bidonvilles aux profondeurs insondables qui ceinturent les résidences des bourgeois. Des filles comme elle qui n'ont que leurs corps pour se forger vite un avenir, avant la misère, avant la fanure de leur chair. Elles ne feront jamais la bonne chez Madame, non, cette génération a des ambitions, elle connaît le luxe, le téléphone portable, la télévision, l'ordinateur, qu'en sais-je encore ? Cette jeunesse à l'ambition mal placée fait la grimace devant un bon plat de maïs moulu nourrissant coiffé d'un *touffé* de légumes. On ne mange plus de petit-mil et de purée de pois-congo, toutes ces cultures qu'on consommait dans nos provinces en-dehors et qui ont donné de la force à tant de générations. Ces filles connaissent le goût des écrevisses au beurre d'ail, elles aiment le steak au poivre et les pommes de terre frites. Des mets qui coûtent la tête d'un nègre ! Leur seul compromis possible sont les spaghettis qu'on achète dans les rues et qui sont servis badigeonnés de mayonnaise et de sauce piquante ou des hot dogs faits avec Dieu sait quelle viande. Aucun respect pour le travail et la nourriture honnêtes. Et puis, leur façon de s'habiller aujourd'hui, le nombril à l'air, avec des corsages minuscules et des pantalons comme une deuxième peau, sans oublier les fausses tresses jusqu'au cul. Moi j'ai élevé mes cinq enfants dans la dignité en faisant la bonne et je n'en ai pas honte. Junia, ma petite dernière, passe son bac cette année. Les bonnes, elles ont des droits comme tout le monde et mes enfants auront tous un métier, Dieu aidant. Ces filles veulent du facile, et leurs corps leur fournissent le bonheur. Norah se cherche un seuil. Elle est entrée dans la cour avec l'espoir de trouver un endroit où renaître et jouir sans état d'âme de tout ce que la vie peut donner de bon. Elle a posé le pied dans la cour et j'ai vu son regard, il dévorait tout. Un regard qui peut changer en une fraction de seconde selon qu'elle se fait *malfini* ou tourterelle. Elle cherche le plaisir et l'épuisement des nuits. Ce plaisir qu'elle sait apprivoiser et qui lui achète la sérénité des matins où les lits sont douillets et le café chaud et bien sucré.

Depuis qu'elle a mis les pieds dans la cour, quelque

chose dans l'air a frémi. On a tous envie d'en savoir plus
d'elle. Mercredi après-midi, M. Jules qui causait à sa belle-
mère sur la terrasse a failli s'étrangler en buvant son café
quand il l'a vue passer. Elle portait un pantalon collant
mauve, un petit corsage jaune sous lequel on devinait ses
seins nus et des sandales aux talons hauts. Mme Éliane
l'a regardée de derrière ses verres épais sans rien dire. Elle
voit tout, Mme Éliane. Norah a continué de longer l'allée,
vers la maison de Mme Marylène, en laissant derrière elle
une odeur, que Dieu me pardonne, une odeur de sexe.
Mme Marylène est dans tous ses états. J'ai peur pour
Mme Marylène. Norah va l'accaparer, Norah va l'aimer,
Norah va l'obséder puis la contrôler. Et Mme Marylène
qui n'y comprend rien. Et Mme Marylène qui peint dans
son atelier la grande bouche de cette fille sur ses toiles.
Narcesse me l'a dit en roulant ses grands yeux.

Francis, tu dois sûrement le savoir car on dit que nos défunts nous voient et peuvent même nous envoyer des signes. Mais je te le dis quand même, le choc a été rude. Tu sais, en devenant très vieille, j'espérais m'en aller sans trop de tracas, avec mes enfants et mes petits-enfants autour de moi. J'espérais te retrouver m'attendant là où tu es, dans un monde possiblement plus beau où tu aurais meilleur tempérament. Voilà mon idée du paradis. Mais le cours de l'histoire entraîne tout le monde, les vieux comme les jeunes ; nous subissons sans discrimination les mêmes caprices du destin. Tant de jeunes ont péri sous les décombres mortels l'année passée et pourtant je suis encore là, à boire du potage de légumes et croquer des cachets chaque jour pour me battre contre l'œuvre du temps. Je ne vis que grâce à des médicaments. Des fois j'ai l'impression d'être une usurpatrice, de ravir du temps précieux à d'autres qui en ont plus besoin que moi. Toutefois, Francis, les voies du Seigneur sont impénétrables. Je sais, tu t'énervais chaque fois que je disais cette phrase. Mais c'est vrai qu'elles sont impénétrables. Il était sûrement écrit quelque part qu'Alexandre reviendrait vivre parmi nous. Il était sûrement écrit quelque part que cela se passerait avant que je ne te rejoigne. La mission est accomplie, merci, mon Dieu, j'attends la prochaine étape. En voyant Alexandre, j'ai compris combien le temps avait passé. Il est vieux. Il vient de franchir le cap de la soixantaine mais il en paraît plus. Nous avons un fils vieux. Je le regarde à travers l'écran du bougainvillée, il a déjà meilleure mine. Le médecin dit qu'en gros sa santé n'est pas mauvaise. Il mange comme un trou, c'est peut-être l'une des choses qui l'a rendu malade. Il fait un œdème des pieds et des mains. On lui a prescrit des diurétiques et plein d'autres médicaments. Le pauvre, il est comme moi, à prendre des cachets chaque jour que Dieu fait. Il ne nous parle pas, un signe de tête, un mot qu'on doit deviner, mais ses yeux nous parlent. Il sait qu'il est revenu chez lui, son corps a touché le sol de son enfance, ça doit lui causer des impressions très puissantes après tout ce temps.

Marylène est ébranlée, je le sais. Nous sommes tous ébranlés. Mais elle plus que nous tous parce que la plus fragile de nous tous.

La chose est arrivée une première fois dans les toilettes, au fond du couloir. Ma chambre et celle des garçons donnaient de part et d'autre de ce couloir. Alexandre se masturbait derrière la porte fermée. Ma copine Michèle venait juste de m'apprendre le mot masturbation qu'elle avait appris elle-même de sa grande sœur Murielle qui l'avait découvert dans un manuel médical de leur père, le docteur Fernand Dessources ; nous avions trouvé l'idée grotesque et répugnante, quoique un brin excitante. Je sortais de ma chambre et j'entendis des plaintes étouffées qui montaient de la petite pièce, au fond du couloir. J'avais vu Alexandre y entrer quelques minutes plus tôt. Inquiète j'ai frappé à la porte. Il ne répondait pas mais ses plaintes augmentaient en intensité. J'ai encore frappé. Alex, ouvre ! Il ouvrit finalement et sortit vite, l'œil trouble, la braguette défaite. Mon cœur battait la chamade comme si je venais de commettre un acte punissable. Alexandre s'adonnait à des activités que je supposais répréhensibles et je me sentais coupable de quelque méfait. Étais-je coupable de ce qu'il devenait ?

99

Et puis il s'est mis à retourner chaque jour, des fois deux fois par jour dans la petite pièce au fond du couloir pour ses séances de plaintes et moi je priais pour que Papa ne vienne pas le surprendre. J'étais malgré moi l'ange gardien d'Alexandre. Je devais le protéger de lui-même, des éventuelles punitions, mais cette tâche que personne ne m'avait confiée me dépassait, elle me révoltait et j'en voulais à tous de mes douleurs muettes. Alexandre n'a pas réussi ses examens de fin d'année, Papa a séquestré tous ses avions.

J'avais environ quinze ans à cette époque-là. Alexandre avait à peine douze ans. Cet épisode de notre saga de famille m'est revenu l'autre soir avec une force et une acuité surprenantes. Je croyais l'avoir oublié. Je mens. Je ne l'avais pas oublié mais j'y ai repensé très rarement dans ma vie depuis. Sauf que ce soir, c'est lui qui se souvient de moi et a envie de conversation. J'ai eu du mal à m'endormir, les plaintes d'Alexandre ne sortaient pas de ma tête, comme en ce temps-là. Je n'avais parlé à personne à la maison de cette anecdote troublante. Je crois que Grégoire en savait aussi quelque chose même s'il n'était encore qu'un gamin. Il avait dû un jour ou l'autre faire la même découverte que moi. On s'entendait bien Grégoire et moi, il me sacrifiait ses bonbons pour que je dessine son portrait qu'il offrait à des filles de sa classe. Je ne sais pas si Grégoire attirait les filles, ou l'inverse. Il entretenait des espèces d'amours masochistes, transies, jubilatoires ou tristes avec des filles qui abusaient de lui la plupart du temps. Il était comme ça. Je comprends pourquoi il arrive à supporter Sophia. Elle le culpabilise avec ses éternelles histoires de fertilité, de grossesse et d'insémination. Après quelques semaines de ce manège, lorsque Papa a attrapé Alexandre en flagrant délit de plaintes dans les toilettes au fond du couloir, il lui a ordonné de ne pas sortir de sa chambre jusqu'au lendemain matin.

Marylène et Grégoire me voient toujours comme la petite sœur, la petite dernière qui ne comprend toujours pas très bien ce qui se passe ou qui ne s'en fait pas trop. Ça rassurait tout le monde, même moi. Et aujourd'hui encore, à cinquante-quatre ans bien sonnés, je leur laisse la même impression. Qu'ils prennent les décisions, les initiatives et les responsabilités puisque je suis la petite sœur qui ne pensait qu'à s'amuser avec ses copains. Je suis la seule à ne pas vivre dans la cour aujourd'hui. Elle m'étoufferait, la cour, il faut de la distance entre elle et moi, il me faut la possibilité d'y revenir, je ne supportais plus d'y être attachée. Elle partait parfois habiter d'autres maisons, la petite sœur adorable, vivre d'autres vies, d'autres histoires chez d'autres gens qui semblaient toujours heureux. Je suis la petite sœur qui soigne son look, qui a toujours pris soin de ses cheveux, de sa peau et de son corps. La mère de quatre enfants, deux couples de jumeaux, une maman qui ne fait pas son âge. Je ne fais en effet pas mon âge. C'est un choix dont je paie volontiers le prix. Quatre séances de gym par semaine. Un massage par semaine. Soins de beauté hebdomadaires. Pourquoi pas ? Est-ce un crime de vouloir se sentir bien dans sa peau ? Personne ne veut me croire quand je dis que j'ai quatre enfants à l'université. On me donne trente-cinq ans, tout au plus. Ces petites joies me tiennent en vie, je suis vaine, je le sais, mais j'assume. J'ai toujours été mince, mais la minceur s'entretient quoi qu'on pense. Depuis que les jumeaux sont partis retrouver leurs deux aînées, je me consacre beaucoup plus à moi-même et ça me fait du bien. Je ne travaille plus qu'à mi-temps à l'agence de voyages, j'ai des employés et un superviseur pour contrôler le travail de mes employés. Mais quoi qu'ils disent ou pensent dans la famille, j'ai souffert autant que les autres de la fatalité qui nous a ravi Alexandre. Autant que Papa, Maman, Marylène et Grégoire. Et cela faisait peut-être plus mal de ne pas comprendre, de juste avoir peur quand on devrait aimer.

J'adorais Alexandre parce qu'il jouait volontiers avec moi, parce qu'il parlait à mes poupées ou leur donnait à manger comme je le lui demandais. J'adorais Alexandre parce qu'il aimait coiffer mes cheveux, jouer dans mes boucles cannelle, me faire des tresses maladroites et y accrocher des rubans de papier. J'adorais Alexandre parce qu'il me chatouillait jusqu'à ce que je demande grâce, n'en pouvant plus de me tortiller de rire. Ou bien il me racontait des histoires qui toutes commençaient par un voyage en avion. Il était mon grand frère adoré.

Et puis ce rêve qui me revient parfois. Comme d'un souvenir que j'ai de la peine à reconstituer, dont je doute même de l'existence. Des silhouettes sur un fond gris. La lumière du matin caressait le seuil de la fenêtre de la petite chambre. Un refuge. J'étais couchée avec Alexandre dans son lit, la tête contre son épaule, et il me racontait une histoire, une nouvelle histoire. Et je me sentais bien. Et je me suis endormie. Pourquoi Maman s'est-elle fâchée en nous trouvant ainsi, mains et pieds emmêlés ? Je ne me rappelle pas de la fin de mon rêve. Il manque quelques pièces à ce puzzle de cendres. Souvent j'ai voulu plonger loin, retrouver au plus profond de mon enfance ces images floues. Il fallait que je sache si elles existaient vraiment, si j'ai vécu ce rêve éveillée ou dans l'étrangeté du sommeil. Je n'ai jamais pu y arriver, je me suis toujours arrêtée à l'orée de cette exploration, de peur de m'y perdre. Je me souviens que Maman a crié des mots à Alexandre et qu'il est parti fâché. À chaque fois que je crois attraper une lueur de ce rêve, elle m'échappe. Qu'est-ce qui s'est passé ce matin-là, dans l'ombre fraîche de la chambre ? Je ne suis plus retournée dans le lit d'Alexandre et le regard de Maman, ce seul regard, me hante encore, une vie après. La petite sœur avait alors demandé qu'on la conduise chez ses amies. Je n'ai jamais raconté cette histoire, même pas aux copines, et pourtant on se raconte presque tout. Je dois me résoudre à en parler à Maman avant qu'elle ne s'en aille pour toujours avec ce morceau de rêve. Oui, bientôt.

Elle m'a donné la main bien vite, m'a fait un sourire contraint et montré une chaise placée à environ quatre mètres derrière un chevalet. J'ai préféré rester debout un moment pour regarder autour de moi. C'est vrai que je suis payée à l'heure mais qu'elle me laisse souffler un moment, quoi ? Le jardin dehors est beau. Des palmiers et des pins et des bouquets de bougainvillées. Des paniers de fougères pendent aux branches. Les vieux chênes entremêlent leurs cimes et gardent l'heure dans une ombre verte. Fleur-de-chêne. On ne croirait pas trouver une entrée de cette profondeur dans ce quartier aux maisons coincées, sur cette sorte d'avenue au trafic emmêlé à toutes les heures. L'endroit est vieux et beau. Il ne doit pas en rester beaucoup des propriétés tout d'une pièce comme ça. Ce sont des bourgeois. Ils vivent à plusieurs dans un grand jardin. Ils n'ont pas l'air d'être très riches mais ils doivent bouffer et dormir bien. Teint clair, mais pas beaucoup, une bourgeoisie mulâtre qui s'est basanée avec le temps. Une ancienne bourgeoisie qui s'accroche à ses prérogatives mais que le peuple accule dans ses retranchements. À chaque quartier résidentiel son bidonville. Nous sommes des huîtres accrochées à leurs rochers et leurs barbelés. Une sorte de démocratie immobilière par la force des choses. Ils sentent notre souffle sur leurs nuques. La cohabitation non pacifique. Marylène ne m'a fait aucun effet. Une artiste n'est-elle pas censée dégager une vibration, un quelque chose qui vous fait vous sentir… touchée d'une grâce ? Elle est le premier peintre que je rencontre. Des cheveux blancs drus taillés en brosse, un front large, des yeux fatigués, un nez trop fort qui cache sa bouche, Marylène a pourtant une belle bouche et une fossette au menton qui atténue la dureté de son visage. Je sens que mon regard la gêne, que mon corps et ma présence la dérangent. Elle reste debout sur le pas de la porte et fume une cigarette. Je lui ai demandé si elle avait déjà peint des modèles. Elle m'a répondu qu'elle peignait jusque-là des légumes, des fruits et des fleurs. Pas étonnant qu'elle soit aussi moche. Mais, tiens, elle a donc décidé de peindre du vivant, du vrai, une femme. Moi, Norah. Je lui ai dit que je posais pour la première fois, que j'étais mannequin free-lance et serveuse dans un grand restaurant depuis après le séisme mais que j'aurais surtout aimé voyager. Je ne lui ai pas dit que j'habitais sous une tente, tendue sur la toiture cassée de la maison de mon oncle où je vis, dans un quartier, disons populaire. Ses yeux fatigués m'ont souri. Elle a une voix rauque qui me surprend à chaque fois qu'elle parle. Un garçon au nom étrange de Narcesse est venu avec tout un cérémonial m'apporter un verre de citronnade installé sur une petite serviette ronde posée sur un cabaret peint de longs zèbres, comme il y en a au restaurant où je travaille le soir. Le verre où tintaient des glaçons était couvert de buée, comme s'il s'agissait d'une boisson recueillie d'un brouillard tombant du ciel. Elle s'affaire maintenant autour de son chevalet, elle a déjà de la poudre de craie ocre sur les doigts. Je vais m'asseoir à la place qu'elle m'a indiquée. Ça fait drôle de devoir rester assise et sans bouger, le regard droit devant moi à regarder des morceaux de cette femme derrière son chevalet. Quand elle se penche, j'essaie d'attraper son regard mais elle ne me voit pas. J'ai des fourmillements partout à force de ne pas bouger. Elle essaie d'éviter mon regard quand elle lève la tête mais je dois bien la regarder puisqu'elle est en train de peindre mon visage de face. Elle est debout devant sa toile mais elle s'assied parfois un bref moment sur un haut tabouret, juste la pointe de ses fesses. Elle travaille à la craie. J'ai hâte qu'elle se serve de couleurs, qu'elle couvre mon visage de couleurs, qu'elle me donne une autre vie à coups de pinceau. Son corps change de rythme d'instant en instant. Parfois calme et concentrée, sa main lance sur la toile de longs traits de craie. Un moment après elle est nerveuse, comme ennuyée, et frôle le canevas de petits coups secs. Elle efface avec un chiffon et reprend son croquis. Elle me regarde souvent mais baisse les yeux bien vite. Elle n'est pas vraiment laide. Plus jeune elle attirait sûrement l'attention pour des raisons difficiles à définir comme l'intensité de son regard doux et sauvage, ses grosses fesses ou ses sourcils épais qui étonnent. Mais cette coupe de cheveux, ces tee-shirts informes, ces pantalons trop grands… qu'est-ce qu'elle essaie de cacher ? J'aime l'atmosphère de cette pièce, c'est la première fois que je pénètre dans l'atelier d'un peintre. Je sens des odeurs et des formes dans l'air. Mon regard accroche des tubes de peinture neufs et des vieux déformés, des pots de couleur, des pinceaux de toutes dimensions, des bâtons de charbon, des bouteilles vides et tout un attirail dans des bacs de plastique blanc placés sur une grande table d'acajou. Deux fauteuils tendus d'un tissu marron strié de jaune attendent sous la fenêtre. Un canapé du même jaune leur fait face. Deux chevalets vides sont alignés le long d'un mur, le troisième porte la toile sur laquelle Marylène travaille. D'énormes toiles tendues sur des cadres sont appuyées face contre le mur au fond de la pièce. Elle les a peut-être récemment descendues des murs. Il y a plein de taches de couleur sur le plancher. Un désordre contrôlé qui donne une impression d'énergie languide. Un châle bleu traîne sur l'un des fauteuils. Les rideaux un peu fanés filtrent une lumière dorée. Elle m'a placée à côté de la fenêtre et la lumière oblique me traverse de part en part. Marylène transpire un peu, elle respire à travers ses lèvres entrouvertes. Elle s'arrête, dépose sa craie, prend le verre sur la petite table à sa droite et boit une grande gorgée d'eau fraîche.

— Gabrielle, devine qui est venu en consultation à la clinique aujourd'hui ?

— Qui ?

— Alain…

— Alain ?

— Alain… oui. Alain, le Belge ! Nous l'avons rencontré la semaine dernière au concert de charité de l'orchestre philarmonique Sainte-Trinité. Il vient de rentrer au pays… il est le numéro deux d'une ONG qui renforce le personnel de l'Hôpital général… tu vois qui ?

— Ah, celui-là !… Il m'a semblé qu'il ne te laissait pas indifférente…

— Ouais… tu as raison… mais malheureusement pour moi, c'est plutôt toi qui lui as fait de l'effet…

— Sans blague ? Il te l'a dit ?

— Pas exactement…

— Alors comment sais-tu que je lui ai fait de l'effet ?

— Je sais quand un homme essaie par des moyens apparemment innocents et détournés de s'informer sur une femme qui lui plaît. Fais-moi confiance, je le sais. Il aime ton humour et les couleurs que tu portes.

— Il t'a dit ça ?

— Pas exactement, voyons, Gabrielle… tu es une femme ! Mais il m'a dit des choses qui ressemblaient à cela.

— Hmm…

Depuis que je la connais, Flore est une arrangeuse d'affaires. Elle connecte dans sa tête des hommes et des femmes de sa connaissance et ça l'excite. Faut pas la laisser s'emballer sur une idée de liaison, elle en devient obsédée. Elle n'a pourtant pas eu beaucoup de chance en amour. Un mariage qui a juste duré deux ans, une fille qui vit loin d'elle et depuis des liaisons sans lendemain. Elle est à l'origine de la rencontre d'Ariel et de Gary et elle a conduit leurs noces. C'est pourtant elle qui a trouvé à Ariel son premier amant. Elle vit des amours des autres. Elle jouit des amours des autres. Une arrangeuse d'affaires née. Elle devrait lancer le premier site haïtien de rencontres, ça marcherait, pour sûr. Elle aime bien Jules pourtant, ils s'entendent bien, deux anxieux hyperactifs. Mais c'est plus fort qu'elle, elle me voit déjà dans les bras de cet homme qui aime mon humour et mes couleurs.

— Flore, j'ai vraiment d'autres chats à fouetter. Alexandre est revenu, je te l'ai dit et tu l'as déjà oublié. Tu ne penses qu'à tes amours improbables. Même si je ne le laisse pas paraître, ce petit événement m'a terriblement secouée. Je n'y aurais jamais cru. Je l'ai visité plusieurs fois chez ma mère, je me suis assise avec lui dans le jardin, devant la petite maison. La première fois cela m'a fait un choc. Il a vieilli, il est frêle et prisonnier d'une solitude qui a pris la forme de son ombre. Je sais qu'il sait qui je suis. Il me reconnaît. Je le vois dans ses yeux. Mais j'aurais tant de choses à lui dire, tellement de questions à lui poser. Est-ce qu'il se souvenait de nous, de lui et moi à Fleur-de-Chêne, de mes poupées qu'il menait en avion ? Mais il ne dit rien, Flore. Il se contente de me regarder, l'air bienveillant. Et au bout d'un moment moi non plus je n'ai rien à lui dire. Le vide prend toute la place dans ma tête. Est-ce comme cela aussi dans sa tête à lui, un vide qui anéantit tout ? Quand il me regarde enfin je fouille le fond de ses yeux pour y trouver une lueur. Il y a des lueurs au fond de ses yeux, mais elles sont si fugaces que j'ai l'impression parfois de les avoir imaginées. Et quand elles traversent le fond de ses yeux, son visage se détend. Comme s'il allait sourire. Mais il ne sourit pas, Flore.

« Je t'aime bien, tu le sais, ma chérie. Comme j'aime Ariel, Cynthia et Maryse. Un quatuor solide d'amies. Notre amitié exige une part de moi que Jules voudrait accaparer. Il perd son temps. Notre amitié est à la vie et à la mort. Près d'un demi-siècle qu'on se connaît. Mais je n'en veux pas de ton Belge. J'ai flirté à droite et à gauche mais je ne tromperai pas Jules tant qu'il ne m'en donnera pas la raison. Il me demande des fois si j'aime un autre plus que lui. Il me le demande toujours quand nous faisons l'amour. À nos âges, Jules, on peut se passer de mélodrame, tu n'es pas un super macho, ni un super héros, tu es Jules, mon mari qui a pris du ventre. Je l'ai à l'œil, Jules, mais il ne le sait pas. Il ne lâche pas son BlackBerry une seconde. Son petit jeu de jalousie masque peut-être des histoires pas très catholiques pour me jeter de la poudre aux yeux. Pas si innocent que cela, Jules. Cette fille, cette grande bringue qui pose depuis quelques jours pour Marylène, Jules a pris un coup en la voyant. Il n'a pas arrêté de regarder ses fesses. Elle a d'interminables jambes et des fesses qui dérangent, qu'on soit femme ou homme. Qu'est-ce qui lui a pris tout d'un coup à Marylène d'amener cette fille ici ?

Francis, t'en souviens-tu ? Alexandre n'avait que huit ans quand le dictateur accapara le pouvoir avec ses partisans. Marylène terminait son primaire alors que Grégoire y entrait. Gabrielle emplissait la maison de ses éclats de rire et de ses mots nouveaux. Un homme frêle, l'air parfois hébété. Un être cynique. Moi je lui avais donné le bénéfice du doute pendant la campagne pour les élections. Même si l'opposition dénonçait la mainmise de l'armée sur la structure électorale en sa faveur. Que ne dit-on pas pendant les campagnes ? Depuis que j'ai connaissance sur cette terre, il y a toujours eu des mensonges et des morts dans cet exercice démocratique. Un médecin, un Noir, un anthropologue, un mélange au cœur des attentes d'une grande majorité, beaucoup de gens le voyaient ainsi. Le changement viendrait peut-être. Le développement aussi, pourquoi pas. Les couches populaires et la classe moyenne noires allaient enfin voir se concrétiser des revendications légitimes séculaires. Elles auraient l'éducation, la santé, le travail et l'accès au politique... Le bénéfice du doute ! Tu veux rire ? me disais-tu. Tu t'emportais contre moi et le temps t'a donné raison.

À mesure que les mois passaient, nous voyions ce pouvoir se transformer en prédateur des vies et des pensées. Bien d'autres que moi avaient cru dans ces bobards idéologiques qui n'étaient qu'un mélange aberrant de racisme contre les Noirs et contre les mulâtres, de préjugés de classe, d'esprit de clan et de vengeance, qu'en sais-je. Toi tu avais compris que ce petit médecin viendrait exacerber toutes nos haines pour mieux nous contrôler. Qu'il était un manipulateur déguisé. Nous avons été victimes de la soif dévorante de richesses et de pouvoir d'un groupe d'hommes et de femmes qui voulaient jouir par la terreur. Nous avons été victimes de leur peur panique de perdre l'ivresse du pouvoir absolu, du pouvoir à vie. Ce n'était rien de plus qu'un despote comme notre histoire en avait connu d'autres. Tu as tout de suite prévu des jours sombres. Ils sont en effet arrivés bien vite les jours sombres. En quelques années les ténèbres s'étaient installées sur le pays. Il a fallu apprendre à vivre graduellement dans l'étonnement, l'incrédulité, l'indignation et la lâcheté pour se faire oublier ; pour vivre malgré tout dans la dignité du refus et du rejet qu'on devait taire. Le silence et la dignité étaient nos seules armes bien fragiles contre l'arbitraire. Il n'y avait pas beaucoup de héros en ce temps-là. Certes, il existait une résistance idéologique et politique souterraine, il y avait déjà eu plusieurs tentatives de renversement du pouvoir, mais ceux qui se révoltaient connaissaient le prix de leur indignation. L'exil valait mieux que la mort. Toutes ces disparitions, ces exécutions sommaires, ces tortures brisaient les élans, endeuillaient les foyers. Tant de familles sont parties n'en pouvant plus de l'angoisse. À la faveur des indépendances, des centaines de cadres et d'universitaires sont partis mettre leurs connaissances au service de l'Afrique. D'autres ont pris refuge au Québec ou aux États-Unis plus proches. La connaissance désertait des cieux devenus dangereux. Toutes les mères avaient peur, les mères de jeunes garçons. Les mères de jeunes garçons fragiles comme Alexandre. On giflait pour un rien, on bastonnait pour un rien, on faisait disparaître pour un rien, on torturait pour un rien. On corrompait aussi pour rien. Il fallait trouver la mesure de ce rien, l'apprivoiser, l'endormir pour qu'il ne vienne endeuiller nos familles. Ils avaient soif de vivre, nos fils et nos filles. Je constatais avec effroi qu'en entrant dans l'adolescence Alexandre perdait le sens de la réalité et des nouvelles limites du vivre au jour le jour. Ce sens même qui nous gardait en vie en ce temps d'arbitraire. Il ne semblait avoir peur de rien. Non, ce n'est pas exactement ça. Il ne comprenait plus les codes de nos vies, comme si le signal dans sa tête qui lui rappelait le danger était en train de s'effacer. Comme si quelqu'un d'autre avait pris possession de lui, vivait pour lui. Est-ce qu'il avait été recruté par une secte ? Nous n'en savions rien. Mais avec tous ses groupes pro ou anti-dictateur, les possibilités de se perdre étaient d'une effrayante facilité.

Alexandre disparaissait souvent de longs après-midi. Parfois il rentrait tard le soir malgré le couvre-feu, malgré les patrouilles dans les rues. Où était-il ? Que faisait-il ? Qui fréquentait-il ?

Je dois renvoyer Ecclésiaste, ça ne marche définitivement pas avec lui. Il essaie de son mieux mais la cohabitation avec Alexandre finira par lui valoir de péter les plombs. Il est tendu tout le temps, il sursaute dès que je lui adresse la parole. C'est quoi ce garde-malade ? Tout le monde peut voir qu'Alexandre n'aime pas cet homme. Mon frère arrive à communiquer sans mots et presque clairement son refus de lui. Il s'isole d'Ecclésiaste et lui refuse l'accès virtuel entre les murs de la maison. Sans un mot. Dans le plus parfait silence. Il faut que j'en parle à Marylène. Elle appellera sa copine machin pour trouver quelqu'un d'autre. Parlant de Marylène, elle a recommencé à fumer. Maman n'a pas manqué de lui rappeler ses poumons, son cœur et son pacemaker. Là maintenant que la situation d'Alexandre est sous contrôle, on a peur pour Marylène. Elle ne rate jamais son coup, Marylène, l'artiste fragile. Il faut toujours prêter attention à son cœur et à ses migraines. Elle m'a promis d'arrêter vite. Je le crois encore possible, elle l'a fait une fois. Elle s'est remise à fumer pour un mois et puis elle a arrêté. C'était après la rupture avec son dernier amant, Lionel machin.

Je me souviens de la tension entre Marylène et Papa. Elle dessinait sans arrêt penchée sur son cahier et trouvait le temps de faire ses devoirs. Elle m'aidait parfois avec les miens. La tension entre Marylène et Papa était latente et Alexandre y était pour quelque chose. Le favoritisme de notre père envers Alex nous affectait mais il n'y avait rien qui pourrait changer cela. Il nous gâtait parfois mais il y en avait toujours un petit peu plus, un petit peu mieux pour Alexandre. Nous l'acceptions comme un fait de la vie sans savoir que l'amour amputé ne pouvait pas être un fait de la vie. Sans savoir que nous en souffririons toute notre vie. Heureusement que Gabrielle était trop petite pour comprendre tout ça. Nous lui enviions l'insouciance de la tendre enfance. Marylène est partie pour la Belgique comme un animal traqué qui s'échappe enfin d'un piège. Elle disait ne plus vouloir revenir. On le dit parfois mais son cœur malade en a décidé autrement. Je me demande comment elle vit le retour d'Alexandre. Quels sentiments ont refait surface. Depuis le séisme je la vois plus fragile. Elle donne un coup de main important pour la nourriture, les médicaments et la prise en charge d'Alexandre en général. Je n'ai pas le temps d'entrer dans les détails de ce genre et puis elle peut bien s'en occuper puisqu'elle travaille ici et ne sort presque pas. Ce n'est pas comme moi qui vais réaliser des audits financiers dans des firmes différentes à chaque fois. J'ai des centaines de détails à gérer dix heures par jour et les colonnes de chiffres hantent parfois mon sommeil. J'aurais dû étudier le droit, comme

Papa. Mais je ne voulais pas prendre la place restée vide d'Alexandre. Tout ce qui était droit, code, magistrature me répugnait. Était-ce ma façon à moi de me venger de mon père ? Depuis le retour d'Alex je ressens toutes ces émotions qui nous pesaient et ma langue est lourde de tous ces mots que nous ne disions pas. Je ressens aussi l'amour d'Éliane qui nous tenait dans son équilibre, qui pouvait adoucir l'humeur du ciel et nous forger des moments de vrai bonheur.

Livia m'a reconnue. Elle m'a flairée, depuis ma première visite. Elle se méfie de moi. Les deux hommes de la famille me regardent avec des yeux collants comme des ventouses. Je les intrigue. Ils ne comprennent pas ma nouvelle amitié avec Marylène, nous ne sommes pas du même monde, mais je leur suscite des fantasmes puissants et immédiats. Je les connais bien, le genre avec qui je vais passer la nuit après mon service au restaurant. Le Grégoire me regarde toujours à la dérobée, derrière ses lunettes, le sourire gentil, l'air faussement innocent ; et le Jules, le mari de l'autre sœur, semble frappé par la foudre quand il me voit.

Narcesse, le garçon de maison de Marylène, me dit déjà tout de cette famille ; je connais leurs noms, leurs activités et quelques-unes de leurs habitudes. Je n'ai pas encore vu Alexandre, le frère zinzin dont Narcesse m'a beaucoup parlé. Quand je passe devant la petite maison qu'il habite, sa chaise en rotin au milieu du jardin est toujours vide. Il paraît qu'il est revenu vivre avec eux après le séisme. M. Alexandre est comme ci, M. Alexandre est comme ça. Mais quand je lui pose des questions précises, quand je lui demande de me décrire la vie de ce M. Alexandre, Narcesse ne me répond rien de précis, il devient évasif. J'ai fini par comprendre qu'Alexandre ne fait rien et ne dit rien, en fait, qu'il est juste vivant et que cela leur suffit. En tout cas, il a de la chance d'habiter ici. Ça m'a fait penser à Joël, le cousin dérangé de mon père qui est lâché dans la nature depuis si longtemps.

Livia est jalouse. Jalouse de ces gens qui la font travailler du matin au soir au son d'une clochette au tintement cristallin. Jalouse de leurs napperons au crochet ou brodés aux points de croix et de leurs tasses de thé en porcelaine où elle n'a jamais trempé ses lèvres. Jalouse de leurs secrets de famille, de leurs mensonges. Elle sait d'où je viens. Elle l'a senti dans mon regard, dans la soif de ma peau, dans la nostalgie de ma nuque, dans le besoin de mes reins fatigués de coucher dans le lit frais de Marylène. Un lit qu'elle aurait peut-être fait de ses propres mains, avec tout l'art dont elle est si fière. Sacrilège ! Un lit où elle ne rêvera jamais de coucher. Livia m'en veut de prendre avec audace ce qui lui est inaccessible.

Marylène a besoin d'amour. J'aime cet endroit, Fleur-de-Chêne. Il fait bon vivre ici. Et pourquoi pas ? Est-ce qu'il est écrit quelque part que je doive habiter pour un temps indéfini et pénible sous une tente installée au milieu de déblais ? Vais-je travailler chaque soir de ma vie dans ce restaurant qui retient les pourboires des serveurs et les redistribue à sa guise ? Dois-je partir avec des clients déjà ivres pour me faire un peu plus d'argent, juste pour ne pas crever ? Elle va me payer des études. Marylène va m'aimer. J'ai déjà connu des femmes qui voulaient tenter certaines expériences. Des femmes comme Marylène. Je suis ce qu'elle cherche, je vais devenir amoureuse d'elle. Seule la vérité de mon amour me donnera accès à ses émotions ; elle est une femme blessée, une écorchée vive. Je l'observe, je l'obsède. Le premier portrait ne lui a pas plu. Elle a du mal à rendre le mat de ma peau, m'a-t-elle dit. J'aimais pourtant les roses rouges qui saignaient dans mes cheveux. Je suis arrivée un début d'après-midi, à l'heure où la lumière lui convient le mieux pour peindre et, à mon grand effarement, elle avait blanchi la toile. Elle veut en recommencer un autre. Elle s'excuse. Le portrait, c'est autre chose, elle n'en a pas fait depuis longtemps, elle essaie de m'expliquer. Je comprends. Je suis disponible, Marylène, tu me paies à l'heure, alors tu peux m'effacer et me recommencer autant de fois que tu voudras. J'ai des ambitions et de la patience. Je suis aussi intelligente. Depuis l'adolescence j'ai dû survivre en étant intelligente et bien roulée. Deux qualités qui inquiètent les hommes et les femmes ; qu'ils ont besoin de dissocier chez une femme. Sois bien roulée et tais-toi. On ne m'en demande pas plus. Trop d'intelligence chez une femme menace la sécurité publique.

Fleur-de-Chêne est comme un cocon, une oasis qui fait oublier un moment l'ardeur du soleil et la poussière des rues. Que savent-ils de la vie dehors ? Ils sont toujours enfermés dans leurs voitures, ils vont travailler, vont à la banque, au supermarché, en reviennent, s'installent devant leurs ordinateurs puis devant leurs télés, vont se visiter en week-end et boire du vin ou du whisky l'un chez l'autre. Ils discutent de la vie chère, de la politique, de l'insécurité, des enfants à l'université, de leur dernier voyage à Miami ou Montréal. Des bourgeois, voilà ce qu'ils sont, qui pensent tout savoir de la vie dehors. Ils vivent la politique à la télé, moi je la vis dans la rue. Ils ont une idée abstraite de la faim, moi je la connais. Ils ont des passeports étrangers ou des visas valides pour parer à toute éventualité, moi je suis exilée dans ma propre peau.

Je n'aurai pas d'enfants, il est trop tard, c'est fini. Grégoire aura beau me trousser chaque soir je ne porterai pas son enfant. J'ai quarante ans, mon sang tarit et je me fais vieille. Une grossesse serait même déconseillée à présent.

Et dire que Marylène s'est fait avorter trois fois. Elle me l'a dit un jour, comme ça, alors que nous bavardions de tout et de rien. Elle me l'a dit juste pour me faire souffrir car elle sait combien j'aimerais tomber enceinte. Comme quoi elle aurait interrompu ces vies dans son ventre à mon détriment. Ou encore qu'elle est plus femme que moi jusqu'à même décider qu'elle ne voulait pas garder de vie dans son sein. Marylène ne dit rien pour rien. On a comme l'impression qu'elle doit méchamment ravir le goût de vivre aux autres pour survivre elle-même. Elle m'en veut d'aimer la vie et d'aimer Grégoire. Je n'ai jamais pu comprendre à quel point jusqu'à ce qu'elle m'ait parlé de ses trois avortements. Je l'agace avec mes histoires de traitements, d'hormones et d'insémination. C'était sa façon de me clouer le bec. J'admets en être obsédée, mais ça va changer maintenant. J'ai décidé de vivre pour moi-même. J'ai des envies et des projets qui sommeillent dans ma tête depuis trop longtemps. J'attendais d'avoir l'enfant avant d'entreprendre quoi que ce soit. Mais c'est fini tout ça. Je n'irais pas jusqu'à dire que Marylène me déteste mais elle n'aime pas me voir partager l'existence de son frère. Je vais lui prouver que je peux prendre ma vie en main. Je vais m'inscrire à la gym et prendre des leçons de guitare ; depuis longtemps j'ai le rêve secret de chanter en m'accompagnant à la guitare. Et qu'elle l'admette ou pas, toutes ces monstruosités qu'elle accouche sur la toile sont ses enfants. Mais elle aura beau me dire des méchancetés, c'est son frère qui est dérangé. Qu'elle ne vienne pas me distiller son venin et me faire me sentir mal parce que je ne peux pas avoir d'enfants. Son frère est dérangé et pas le mien. Moi j'en ai assez de cette histoire que tout le monde dans la famille doit prendre Marylène avec des pincettes. Elle est fragile. Tu parles ! Mais elle ne manque pas de dire ce qu'elle pense aux autres sans se soucier de leur sensibilité. Pourquoi devrais-je la ménager ? Grégoire est tout ému qu'elle s'occupe d'Alexandre. Mais, merde, elle ne fout rien à longueur de journée que gratter ses toiles ! Elle peut enfin arrêter de vivre pour elle-même et s'occuper des autres !

Un autre homme habite avec moi. Il s'appelle Gesner. Il est venu avec Grégoire et nous avons fait connaissance. Je ne lui fais pas peur. Il m'a demandé comment j'allais, il m'appelle : monsieur Alexandre. L'autre ne disait jamais mon nom. L'autre regardait tout le temps mes doigts. Gabrielle était là ce matin. Elle sent bon le parfum. Ses cheveux sont comme un bouquet de fleurs de bougain-villées quand le soleil est fort. Il y a le feu dans ses cheveux. Du feu qui dégouline sur ses lèvres, ses épaules, ses ongles. Elle me parle et je lui crie de se taire car son feu me brûle. Je lui dis que je n'ai rien à lui dire. Je lui dis que mes paroles se brûlent dès qu'elles me montent à la gorge. C'est pourquoi je ne les laisse plus monter à ma gorge. Elle n'a pas l'air de m'entendre. Elle me parle avec ses mains, ses jambes, ses pieds, même son cou. Ça fait une drôle de musique. Je ne comprends pas trop les histoires qu'elle me raconte. Je suis fatigué. Mais elle recommence. Des mots que je ne suis pas, qui se perdent dans ses cheveux, qui se changent en parfum. Gabrielle, arrête, tu me dis trop de choses à la fois. Dis-moi un mot, un seul. Dis-moi que tu vis, que tu as soif et faim, comme moi. Dis-moi que tu n'es pas comme les poupées aux regards de noyées qui viennent des fois près de mon lit. Une procession de poupées qui me chuchotent des mots glacés à l'oreille. Il y a des biscuits dans mes poches. Je n'ai plus faim. Je les garde pour l'avion. Pour quand j'irai dans l'avion avec Maria. Hier soir elle m'a dit que le prêtre va venir pour nous marier. Je serai son mari et je me coucherai sur elle pour qu'elle arrête de renifler. Je peux regarder la lumière qui incendie le sommet des arbres sans qu'elle me fende la tête en deux. Ce sont des chênes, Gesner me l'a dit. Et je ne surveille plus le plateau de Livia au détour du petit chemin.

Il a fallu que tu t'humilies, Francis. Il a fallu que tu fasses des démarches, que tu fasses antichambre pour voir qui il fallait. Pour que tu demandes qu'Alexandre soit relaxé après une nuit en garde-à-vue aux Recherches criminelles. Tu as demandé grâce, tu t'es mis tout plat, tu as supplié qui il fallait. Ton plus grand choc est d'avoir compris que des gens t'en voulaient de n'être pas comme eux, de n'avoir pas pris le train en marche, le train de la Révolution. Tu es resté cohérent avec tes convictions, tes idées et ton candidat qui a perdu les élections. De quel droit ? Tu étais un grand avocat, un homme connu pour sa droiture, son intégrité. Un mulâtre éduqué qu'il fallait déchoir de sa superbe. Peu importe que ta femme soit issue de la même classe moyenne noire qui contrôle tout aujourd'hui. Ta femme, la fille d'un patricien qui fut professeur du médecin aujourd'hui président à vie ; on s'en fout. Cela tu ne me l'as pas dit quand tu es rentré à la maison avec Alexandre, mais je l'ai deviné. Je te connais assez, tu revenais de loin. Pour arracher ton fils au spectre de la disparition, tu as dû ravaler ton orgueil. Peu importait qu'il n'ait

127

eu que dix-sept ans, il aurait été torturé et enfermé dans un trou à rats pour y pourrir ou bien on l'aurait exécuté sommairement. Il fréquentait les jeunesses communistes, ont-ils dit. Il distribuait des tracts, prétendaient-ils. Mais de quels jeunes communistes parlaient-ils ? Cela faisait si longtemps que la radicalisation des étudiants et lycéens du pays avait été systématiquement matée ou récupérée. Ces jeunes avaient un idéal, des idées et surtout beaucoup de rêves. Ils refusaient de boire le poison de la terreur et d'être transformés en zombie. Où étaient partis tous ces rêves ? Pauvre Alexandre ! Oui, il était un peu exalté mais je crois plutôt que la maladie le rendait ainsi ; un jour prostré, le front sombre, taciturne, et l'autre débordant d'une énergie redoutable. Ces jeunes communistes, ou ce qu'il en restait, se servaient sûrement de lui car il ne semblait avoir peur de rien. Nous avons su tout cela après. Alexandre assistait à des réunions secrètes et nous n'en savions rien. Toi qui avais démissionné de ton poste de bâtonnier en protestation silencieuse contre le phagocytage de la justice, ils te tenaient enfin. Une petite leçon d'humilité ne te ferait pas de mal. N'en pouvant plus de désespoir, tu leur as dit que ton fils souffrait sporadiquement de troubles mentaux. Qu'il n'était pas tout à fait responsable de ses actes. Tu as plaidé l'insanité, comme au tribunal pour tes clients, mais cette fois l'enjeu était ton sang, la prunelle de tes yeux. Comme tu as dû le défendre avec passion ! Et tu as reconnu devant eux que ton fils était malade. Ce jour-là tu as fini par comprendre qu'il ne pouvait plus être question de le nier…

Et puis, comme par hasard, tes clients sont devenus de

plus en plus rares à ton cabinet d'avocat qui était l'un des mieux fréquentés de Port-au-Prince. Tu as dû t'esquinter pour faire vivre ta famille, donner des cours par-ci par-là dans des collèges privés pour arriver à joindre les deux bouts. Mais tout cela est bien loin, Francis. La dictature est tombée mais la joie fut de courte durée. Le chaos a suivi. Nous sommes passés du terrorisme d'État à la bamboche populiste. L'éternelle histoire de la peste et du choléra. Et parlant de choléra, c'est à cette terrible épidémie qu'Alexandre doit d'être revenu vivre chez lui. Te l'avais-je dit ? Je t'avoue que des fois je suis confuse de constater que je perds la mémoire des petits riens du quotidien alors que le passé est bien vivant dans mes souvenirs. Est-ce que les enfants s'en rendent compte aussi ? Vraiment, Francis, tu as bien fait de partir te reposer. Alexandre a échappé aux geôles de la dictature mais il n'a pas échappé à l'enfermement dans sa propre peau. Francis, je ne pensais pas que le passé viendrait frapper avec une telle urgence à ma porte.

À part Jules, personne ici ne sait que j'ai eu un enfant, un fils. Jules m'a juré de garder le secret. Jules est mon pote, nous comprenons certaines subtilités de la vie de la même façon, grosso modo. Il m'avoue ses fantasmes et je lui confie mes obsessions. Et des fois nous avons besoin de nous dire ces choses, même à voix basse, en nous regardant droit dans les yeux. Pas que j'aie honte que l'on sache ce fait de ma vie, mais à quoi servirait aujourd'hui d'en parler ? Si ce fils est vivant, il n'est pas loin de la quarantaine et les chances que je le rencontre aujourd'hui sont de une pour un million. Je l'ai donné à l'adoption quand il est né, j'avais signé les papiers longtemps avant mon accouchement. Je n'avais pas de place dans ma vie pour un gosse. Mon père n'aurait pas accepté que je revienne chez nous fille-mère. Avec le gosse d'un artiste malien qui se shootait à l'héroïne comme moi et qui ne voulait pas non plus que je lui fasse un enfant. Je me demande s'il est artiste comme moi, s'il peint. Après cette expérience, j'avais appris ma leçon. Je suis tombée enceinte trois fois encore. Toujours des accidents. Mais je les ai fait enlever bien vite. Certaines étudiantes connaissent ces pièces dérobées dans des immeubles sans âme et sans ascenseur où des faiseuses d'anges libèrent de l'angoisse. Jusqu'à un certain âge je n'ai porté aucun regret et mon remords a été bref. J'étais soulagée. Je vivais mes années révolte, mes années autodestruction. Refus total de toute autorité et de responsabilité. La seule chose qui m'a permis de rester en vie était de continuer à suivre mes cours, même si j'en ratais un sur trois. Ma passion de la peinture me retenait juste au bord du précipice. J'aimais créer, même dans la déchirure, même dans le reniement, créer était la seule addiction aussi puissante que la drogue. Je vivais un équilibre très précaire entre les deux. J'ai eu de la chance de m'en sortir, je veux dire de la drogue. Et puis le malaise est venu subrepticement, comme une langueur, comme le sel de la vie qui partait. Mon corps se mit à se souvenir de cet enfant et j'ai commencé ou recommencé de vivre en le portant avec moi. Jusqu'à ce jour.

J'ai appris par une lettre de ma mère qu'après l'accident Alexandre était allé vivre définitivement dans une institution spécialisée. Je ne fus pas surprise, je savais qu'un drame éclaterait. Quand je suis partie pour mes études, notre famille habitait sur un volcan en éruption imminente. La nouvelle m'a secouée un moment, juste un moment. Ils n'avaient qu'à se démerder. La révolte me sortait de partout. Que savaient-ils de ma vie à Liège ? Que savaient-ils des fins de mois des étudiants boursiers et de mon orgueil qui m'empêchait de solliciter mon père ? Que savaient-ils de cet enfant que j'avais abandonné ? Que j'avais cru pouvoir oublier ? Que j'ai cherché dans les rues de Liège, de

Louvain et de Bruxelles, au hasard des circuits de tramway ou dans le métro. Que je cherchais dans chaque adolescent que je voyais ? Savaient-ils que cet homme qui fut mon mari n'a pas pu supporter plus longtemps mon impuissance à lui donner un enfant ? Savait-il, lui, que je dormais dans son lit avec le spectre de ces souffles que j'avais arrachés de mon sein et qui me refusaient souvent le sommeil ?

Je l'ai vu. Je l'ai vu, et tous les poils sur mon corps se sont hérissés. Alexandre était assis sur son fauteuil en rotin, à l'ombre d'un amandier. Il y a autour de son corps beaucoup d'ombre mais aussi une part de lumière. Il habite une dimension qui n'appartient qu'à lui seul, un royaume étrange et fascinant dont il est le souverain taciturne et inquiétant. Il ne m'a entendue arriver que lorsque j'étais presque à sa hauteur. Il m'a regardée trois secondes, quatre, pas plus. Il a baissé les yeux et est retourné dans son monde qui m'a happée le temps d'un regard. Et c'est ce qui m'a fait peur. J'ai senti que tout ce que je croyais sûr jusque-là, tout ce qui était certitude devenait illusion. Je comprends pourquoi Narcesse parle autant du frère de sa patronne. Quelque chose de lui attrape l'autre au passage et ne le quitte pas pour un bon moment. Quelque chose qui met mal à l'aise et qui peut effrayer. Quelque chose aussi de doux, d'attachant et de tellement vulnérable. Il désarçonne sans faire un geste, sans dire un mot. Soudainement je ne savais plus qui j'étais. Tout me semblait nu. Je me suis sentie nue sous son regard. Pas comme quand je me fais reluquer par un vieux salaud de voyeur. Non. Les yeux d'Alexandre habitent un lieu où les nuages déambulent au ras du sol et où les aiguilles sur les cadrans ne connaissent aucune loi. Et où les hommes et les femmes sont nus. Et dans cet échange éclair j'ai eu comme l'envie de l'extraire un moment de cet espace intouchable qui le retient. Je n'ai jamais rencontré quelqu'un comme ça avant. Mon cousin Joël est plutôt du genre gueulant. J'ai eu envie de revenir sur mes pas pour le regarder plus longuement. En trois secondes ses yeux m'ont parlé. Ils étaient étonnés de me voir. Pas curieux de savoir qui j'étais, mais juste étonnés. Il est retourné bien vite à son silence. Mais il m'a parlé dans ce regard qui n'a pas soutenu le mien, il m'a parlé dans son indifférence et son silence qu'il a laissés juste trois secondes pour me jauger. J'ai eu envie de revenir sur mes pas, de me tenir devant lui et d'attendre qu'il lève encore son regard vers moi. Est-ce qu'il m'avait déjà vue dans l'ombre de sa maison ? Peut-être bien. Est-ce qu'il me trouve belle ? Ses yeux ne me l'ont pas dit mais j'ai compris qu'ils se sont heurtés aux couleurs que je portais et qu'elles lui ont plu. Il a aimé mon regard droit dans le sien, fouillant le sien. Il a compris que j'attendais cette rencontre pour mieux comprendre Marylène, ce qu'elle ne dit pas, ce qui lui fait peur. J'ai eu envie de revenir sur mes pas pour lui parler. « Alexandre, je suis Norah, le modèle qui pose pour ta sœur Marylène. Je pose pour elle afin qu'elle réapprenne la texture de la chair et le rythme du sang. Je pose pour elle parce qu'il lui faut un corps sous les yeux pour arrêter de mourir. Et toi, Alexandre, connais-tu la rumeur de la rue, de nos rues devenues des fourmilières en déroute ?

134

Es-tu jamais sorti de ton nuage opaque pour goûter au sel de la terre ? Connais-tu nos joies et nos doutes ? Et si on allait en balade, toi et moi, Alexandre ? Je t'emmènerais en tap-tap pour une virée dans les rues de Port-au-Prince. Et puis après on irait à la mer, sur la côte des Arcadins. La mer, Alexandre, pour nous enivrer de bleu et d'oubli. Je suis sûre que tu aimerais te baigner dans la mer avec moi. Depuis quand ne t'es-tu pas plongé dans les vagues salées ? Nous mangerions des huîtres arrosées de jus de citron et des petits lambis boucanés au goût du sel de l'océan. Je te montrerais mon corps mouillé et nu, et tu me regarderais, pas comme les vieux salauds voyeurs, et tu m'embrasserais dans ton silence. » Un de ces jours, tu verras. On peut rêver, Alexandre.

Francis était finalement en faveur de l'internement définitif. Des mois plus tard, l'épisode de l'arrestation et de la
garde-à-vue d'Alexandre l'affectait encore profondément et
il en redoutait une nouvelle qui serait probablement beaucoup plus lourde de conséquences pour toute la famille.
Mieux valait pour Alexandre qu'il soit entre les quatre
murs d'une institution psychiatrique où l'on prendrait
soin de lui plutôt que dans les geôles du pouvoir sadique
qui régnait par la terreur. Je crois que cet argument soula-
geait aussi la conscience de Francis par rapport à la décision qui devenait de plus en plus imminente. Mais il ne
me l'avoua jamais. De leur côté, les médecins le recom-
mandaient ; pour le bien d'Alexandre, pour qu'il soit pris
en charge médicalement ; pour éliminer toute possibilité
de récidive de l'« incident », heureusement sans trop de
gravité, mais qui aurait pu être fatal ; et pour que la famille
retrouve une relative sérénité et une harmonie qu'elle avait
perdues depuis longtemps. Théoriquement tout cela était
parfaitement sensé. C'était l'évidence même. Oui, nous
avions besoin d'harmonie. Oui, la sérénité nous faisait

gravement défaut. Mais c'est de mon fils que nous parlions. Du départ définitif de mon fils de la maison. Il n'y aurait plus de retour. Cette fois ce serait l'aller simple pour lui. Et il me revenait de dire le dernier mot. J'avais l'autorité ultime pour dire ce que je savais que l'on attendait de moi. Puisque c'est ma vie qu'Alexandre avait voulu prendre dans un moment d'égarement. Puisque de plus en plus je devenais l'objet et l'exutoire de sa colère. Au fil des jours notre amour s'était retourné contre nous. Cette douleur-là n'a pas de nom.

J'ai perdu patience ce jour-là, il ne prenait pas ses médicaments comme il fallait, il les jetait derrière notre dos après les avoir gardés sous sa langue. Il acceptait de plus en plus difficilement que Francis ou moi les lui administre. Je me suis fâchée, j'ai crié sur lui, mes mains tremblaient. Je n'en pouvais plus de ne plus dormir, de ne plus vouloir laisser la maison, de rester à l'attendre quand il sortait, de sursauter quand il rentrait, souriant ou tourmenté, sentant l'alcool parfois. Je n'en pouvais plus de céder à sa volonté pour qu'il ne s'excite pas, de lui passer ses caprices ou ses fantaisies pour que Francis ne s'emporte pas. Ma vie se résumait presque à maintenir un équilibre qui me consumait. Je négligeais mes autres enfants. Marylène partie pour la Belgique, la tension allait sûrement diminuer dans la maison. Je comptais retrouver plus d'intimité avec les deux autres gosses. Mais non, un canevas s'était défait que j'avais du mal à raccommoder et Alexandre n'allait pas mieux. Les occupations professionnelles de Francis le tenaient toute la journée hors de la maison. Grégoire poussait comme une graine solitaire. Il s'ennuyait d'Alexandre et se demandait ce que devenait son frère. Gabrielle baignait dans l'innocence de son jeune âge, mais qui sait si elle n'était pas celle qui avait le plus souffert de nos dérives.

Je me trouvais dans l'office, c'était le jour de sortie de ma cuisinière et je préparais le déjeuner. J'ai entendu Alexandre dans l'escalier, il se dirigeait vers la porte d'entrée. Je l'ai appelé, pour m'assurer qu'il avait pris ses médicaments et aussi pour savoir où il allait. Il était fébrile et me regardait avec des petits coups d'œil rapides. Il lâchait des phrases décousues, nerveuses, que j'avais du mal à comprendre. Quelque chose semblait s'être cassé à l'intérieur de lui. Il n'allait pas bien. Il fallait qu'il prenne ses médicaments. Il fallait aussi appeler la clinique pour qu'on nous envoie deux infirmiers, le moment venait et vite.

Et puis le reste s'est passé comme dans un film. Comme si j'assistais à mon propre film. J'entendais ma voix qui avait largué les amarres, je criais plus fort qu'Alexandre, pour le calmer, essayer de le contrôler. Il ne m'obéissait plus, le peu d'autorité que j'exerçais encore sur lui n'agissait plus, le fil s'était rompu. Ses yeux. Toute sa maladie se ruait hors de ses yeux hallucinés. Il était un inconnu au milieu de ma cuisine, un étranger qui m'effrayait. Je me souviens qu'il faisait très chaud, nous étions en août et Francis avait parlé d'aller passer le week-end du 15 août à la mer, à Petit-Goâve, pour la Notre-Dame, chez nos amis les Dessources. J'anticipais cette sortie, j'avais soif d'eau de coco et de brise marine sur ma peau. Je rêvais déjà du sable noir des plages de Petit-Goâve entre mes orteils, coulant entre mes doigts. J'ai commis l'erreur d'essayer de barrer la route à Alexandre, d'empêcher qu'il ne sorte.

Combien de temps a duré le film, deux minutes, trois, même pas tout ça ? Et soudain parut un intrus dans la scène, un intrus à la fois familier et menaçant, à l'éclat redoutable, serré dans le poing d'Alexandre. Mon couteau de boucher, une pièce de coutellerie rangée avec d'autres dans un support en bois. Je ne comprenais pas. Je n'y croyais pas, il s'agissait d'un film, juste un film. J'ai cherché des yeux un abri mais il n'y en avait pas. Grégoire était sorti, Gabrielle aussi et c'était tant mieux. Ils n'auront pas à assister à cette scène surréelle. Fresnel, notre garçon de cour, s'occupait du jardin, à bonne distance de la maison. Des mots de prière me sont montés aux lèvres pendant qu'Alexandre s'approchait vivement de moi, le visage déformé de tics nerveux. Il n'y avait nulle part où me cacher, le film se déroulait et je devais le vivre. J'ai crié de toutes mes forces quand j'ai ressenti la brûlure à mon épaule droite. Ma vue s'est brouillée. En tombant j'ai entendu les bruits de pas d'Alexandre qui s'enfuyait et les appels de Fresnel venant dans ma direction. Et puis plus rien. Rideau.

Francis alerté au téléphone est accouru à la maison. Il a fait venir Aurélien, son frère médecin qui a soigné ma blessure heureusement légère. La pointe de la lame avait glissé sur l'agrafe épaisse de la bretelle de mon soutien-gorge, au-dessus de mon sein. Ma belle-sœur Simone était là aussi. La clinique a dépêché des infirmiers. Alexandre a été retrouvé dans le quartier, sillonnant les rues dans un état de grande agitation. Il fallait le calmer et l'emmener. Tout se mettait en place pour un scénario douloureux mais inéluctable. La décision s'imposait d'elle-même, le sang avait parlé. Mais je devais me prononcer.

J'ai dit oui. J'ai dit qu'ils pouvaient l'emmener et le garder, pour toujours. Pour sauver le reste de la famille. Le plus dur a été de me pardonner à moi-même. La prière m'a aidée à accepter ce que mon cœur orgueilleux refusait d'admettre.

Dans la famille, ils se rendaient compte au fil des ans que le silence tout comme les glaciers fondait lentement entre eux sous l'effet d'un réchauffement dû peut-être à leurs cheveux blancs et un sentiment plus aigu du temps qui passe. Le temps avait passé, les épaules se courbaient un peu. La santé de Francis déclinait, Marylène était partie et revenue après tant de temps. Parfois, au cours d'une conversation en famille, Éliane se rappelait un moment, une journée à la plage à Montrouis et une panne de pneus en route, une visite chez l'oncle Théo dans la fraîcheur de Kenscoff, quand Alexandre avait fait voler l'avion qu'il venait de recevoir de sa tante et marraine Juliette. Un avion en lattes de bois fines et légères qui était arrivé bien emballé dans les bagages sentant bon New York de Francis qui rentrait de voyage. Un avion qui volait tout seul. En ce temps-là Gabrielle tenait à peine sur ses petits pieds et ils étaient une famille heureuse. Et on écoutait Éliane, et on se souvenait de sourires, d'éclats de rire, de rayons de soleil et d'insouciance. Ces temps-là n'avaient pas de dates. Ils appartenaient à un temps mou et doux qui apaisait le cœur. C'étaient juste un parfum, un écho, un goût sur la langue qui remontaient le temps. Même si Marylène, jusque si tard après, se raidissait imperceptiblement chaque fois qu'Éliane disait le nom de son frère. Dans la famille on faisait attention à Marylène. Personne ne comprenait vraiment les mécanismes de la relation de Marylène à Alexandre mais on savait que là se trouvait un point douloureux, de ce genre de point douloureux qui peut provoquer des remous violents dans l'être quand on y appuie trop fort. Elle avait connu le succès à l'étranger avec ses peintures. Elle avait connu l'échec de son mariage. Revenue au pays après plus de quarante ans d'absence, elle vivait une vie solitaire derrière la clôture de sa maison mais dans la sécurité du giron familial. Elle peignait. Elle pouvait passer des heures à peindre. On l'exposait dans des galeries en Europe. Elle avait fait des vernissages dans plusieurs grandes capitales nord-américaines. Quelques collectionneurs haïtiens achetaient ses toiles au prix fort. Elle pouvait être détestable de manière tout à fait imprévisible. On savait que Francis était aussi au cœur du point douloureux et ils ne furent pas surpris quand il lui laissa dans son testament une vieille maison à Pétion-Ville, au milieu d'un beau jardin d'un quartier résidentiel. Le seul bien du patrimoine familial en dehors de Fleur-de-Chêne. Voulait-il lui dire ainsi qu'il regrettait de l'avoir négligée, de n'avoir pas su lire dans l'eau claire de ses regards ?

Le parfum de son corps s'est insinué parmi les odeurs de colle, de papier, de peinture, de solvant et de poussière qui flottent dans l'atelier. Norah ne se rase pas les aisselles. Norah ne s'épile pas les sourcils. Les gencives et les lèvres de Norah sont mauves comme les aubergines que je peignais en bleu sur des ciels orange. Avais-je peur de ce mauve ? Et ses dents blanches qui contrastent si fort avec le pourpre de sa bouche mordent dans ma chair à chaque fois qu'elle me parle. Et elle le sait. Quand elle vient à ses séances de pose, elle amène avec elle le parfum de sa peau, de ses cheveux, de sa bouche, de ses aisselles aux poils noirs et touffus, humides de sa sueur et du déodorant bon marché dont elle se sert. Son parfum m'irrite. Tout ce qu'elle est m'irrite. Son bavardage inutile, ses regards qui fouillent avec âpreté tout ce qui l'entoure, ses mains qui font subtilement tomber et remonter les bretelles de son corsage pendant que je peins son visage. Je l'ai surprise l'autre jour bavardant avec Narcesse, elle était arrivée avant l'heure de notre rendez-vous. Elle lui parlait comme s'ils se connaissaient de longue date. Ils se comprennent, le peuple se reconnaît. Ils parlaient d'Alexandre, j'ai entendu distinctement son nom. Ils souriaient, l'air complice. Que veut-elle savoir ? Que lui veut-elle ? Cela ne lui suffit-il pas d'avoir subjugué Grégoire et Jules, elle veut Alexandre dans ses filets aussi ? Mon Dieu, je divague. Je suis méchante. La pauvre fille n'a sûrement pas les intentions que je lui prête. Elle est juste curieuse, et c'est vrai qu'Alexandre peut attiser la curiosité des gens. Il faut que j'arrête de me braquer dès que j'entends citer son nom. Je ne suis pas responsable de ce qui arrive à Alexandre, je peux juste essayer de m'assurer qu'il aille bien. En tout cas, de la voir acoquinée avec mon garçon de cour m'a irritée. Mais je n'ai rien dit. Je n'aurais pas pu trouver mieux comme modèle, elle sait rester sans bouger de très longues minutes. Son cou est interminable et sa peau d'une finesse rare. Qui es-tu, Norah ? Déjà tu rends les hommes de la cour fous. Lundi après-midi Grégoire est venu me voir à l'atelier, comme ça, par hasard, alors que tu posais pour moi. Et j'ai vu le geste de tes jambes quand tu les as décroisées en faisant remonter légèrement ta jupe sur tes cuisses, comme ça, naturellement, par instinct. Est-ce qu'Alexandre t'a vue, lui aussi ? Est-ce que tu arrives à provoquer des frissons dans ses sens sclérosés ? Est-ce que rien ne te rebute ? Depuis que tu viens chez moi j'ai moins de mal à accepter Alexandre dans le décor. Toute cette vie gourmande que tu déverses autour de moi m'imbibe comme une eau qui creuse des sillons dans ma sécheresse.

— Où étais-tu, Gabrielle ?

— Je déjeunais avec Ariel et Maryse et...

— Le sacro-saint déjeuner du samedi ?

— Si tu veux l'appeler ainsi...

— Et vous êtes allées déjeuner où ?

— Coin des saveurs...

— Elle était bonne, la bouffe ?

— Bon... pas plus que les autres jours.

— Quelle heure est-il ?

— Bientôt six heures...

— Gabrielle, je voudrais te faire une demande... une énième fois...

— Je n'aime pas quand tu fais cette tête, Jules. Tu me stresses. Je suis déjà suffisamment stressée, crois-moi.

— Est-ce que quelque chose tracasse ta conscience ?

— Ma conscience ? Drôle de question. Laisse ma conscience tranquille, mon chéri.

— Tu es prévisible, Gabrielle. Toujours sur la défensive. Je voulais juste te parler de tes samedis après-midi.

— Quoi, mes samedis après-midi ?

— Voilà… je me disais que nous pourrions déjeuner ensemble, toi et moi, le samedi. Voilà pourquoi. Tu n'y as jamais pensé, même une fois ?

— Tu sais, Jules, je hais ta façon de me poser des questions comme à une enfant à qui tu fais la leçon, pour arriver à tes fins. C'est toujours le même schéma. Tu ne peux pas savoir combien cela peut être agaçant. Si tu as quelque chose à me dire, vas-y franchement. Aborde le sujet directement et arrête de tourner autour du pot.

— Et toi tu t'énerves toujours pour ne pas avoir à répondre à mes questions et à mes demandes. Gabrielle, ne fais pas celle qui ne comprend pas. Je ne sais plus combien de fois nous avons parlé de tes sacro-saintes sorties avec tes copines. Tes sorties qui passent avant ta famille, avant moi… Quand les jumeaux sont partis l'an dernier, j'espérais que notre situation changerait. Puisque nous étions seuls à présent dans la maison, dans le nid vide, comme on dit, je pensais… je souhaitais que nous pourrions prendre le temps de nous retrouver… d'avoir des projets ensemble…

— …

— Tu ne dis rien ?

— Non… je ne dis rien parce qu'il n'y a rien à dire, Jules. Seulement, je n'arrêterai jamais de m'étonner de l'égoïsme des hommes. Un égoïsme ahurissant…

— Ah bon ? !

— Ton tennis trois fois par semaine ? Ton bésigue immuable du mercredi soir avec tes copains que vous avez repris juste deux mois après le tremblement de terre ? Est-ce que je m'en plains, moi ? Nous sommes tous stressés, nous

146

avons tous besoin de respirer, de décompresser. Est-ce que je t'espionne pour savoir si tu vas vraiment jouer au tennis ou au bésigue ? Je trouve cela tout à fait normal que tu passes du temps avec tes amis. Et c'est aussi vrai pour moi. Quel mal y a-t-il à cela ? Ou bien voudrais-tu que je reste à la maison à te mijoter des petits plats, à m'occuper de ton linge, à astiquer les meubles, et que je laisse mon travail ? En serais-tu rassuré ? En fait, c'est une bonne qu'il te faut, pas une épouse, Jules ! Moi j'ai une vie aussi en dehors de toi. Je trouve que je donne assez de moi-même. Je suis avec toi toutes les autres fois que je ne suis pas avec mes amies.

— Ta mauvaise foi me renverse à chaque fois, Gabrielle. T'ai-je jamais, même un seul jour en vingt-trois ans, suggéré de jouer à la femme au foyer ? Je t'ai toujours laissée libre de ton temps, de tes désirs, de tes ambitions et de tes fantaisies... trop libre même... et j'en paie le prix aujourd'hui. Oui, je suis d'accord... j'ai toujours été d'accord pour que nous ayons chacun la possibilité de nous retrouver dans un espace hors de la routine conjugale. Mais nous nous perdons maintenant, Gabrielle. Cet espace devient un désert qui grandit. Et cela me fait peur...

— Encore tes grandes phrases de cinéma... Moi je n'ai pas peur, Jules. Je sais que nous sommes faits l'un pour l'autre. Nous dormons dans le même lit chaque soir, qu'il pleuve ou qu'il tonne, et cela est déjà beaucoup. Laisse-moi vivre comme j'ai besoin de vivre. Moi je n'ai peur que de vieillir. Et de revoir Alexandre m'a fait vieillir un bon coup. Tu ne peux pas savoir, Jules. Je ne pensais pas... je ne savais pas...

— Tu pleures, Gabrielle ? Mon amour... viens me trouver... non, pas de larmes dans tes beaux yeux... Je suis là, je serai toujours là pour toi, Gabrielle... Ne pleure pas, mon amour. Alexandre va bien. Tu le vois, il est bien ! Tout va bien...

Je ne t'ai jamais raconté cette histoire, Francis. Je t'ai tu des choses par pudeur. Étrange, les choses qu'on ne se dit pas par pudeur dans un couple, même les très vieux couples comme nous l'étions encore jusqu'à l'an passé. Souvent les mères portent seules des silences trop lourds parce qu'elles pensent avoir failli à un devoir qui n'incombait qu'à elles. Cette image de la mère seule garante de l'intégrité du nid m'étouffait. Ma pudeur m'étouffait et me rendait parfois injuste ou aveugle. J'étais frustrée sans me l'avouer. Je suppose que les hommes aussi gèrent leurs lots de silences, sauf que parfois ils craquent de l'intérieur ou bien ils pètent un plomb. La terre tremble alors un bon coup et puis tout rentre dans l'ordre. Mais pour nous femmes c'est plutôt différent. On pourrait écrire des tas de romans uniquement avec les silences dans les couples. J'ai seulement demandé à Dieu la clairvoyance et la sérénité pour faire mon travail de mère. Alexandre aimait et chérissait Gabrielle qui le lui rendait bien. On aimait les voir ensemble. N'est-ce pas un élan naturel, un sentiment limpide que l'affection entre un frère et une petite sœur ?

Il avait toujours du temps pour elle, pour ses caprices, ses bouderies. Il la grondait aussi. C'est plutôt Grégoire qui aurait dû être plus proche de Gabrielle. Elle venait juste après lui et leur écart d'âge était moindre. Mais c'était Alexandre le favori de Gabrielle, la nature décide seule de ces choses-là. Alexandre et Gabrielle se faisaient des câlins et riaient de tout. Ai-je bien fait de freiner ces effusions, cette proximité physique qui débordait une limite instinctive ? Si je t'avais posé la question, Francis, quelle aurait été ta réponse ? J'ai eu peur de ton regard que je prévoyais étonné ou ennuyé. J'ai eu peur de me voir dans tes yeux, une femme traumatisée qui ne pouvait défaire des nœuds de sa propre enfance. Tout ce qui touchait Alexandre était hors limite. Alexandre était pour toi hors limite. Francis, tu m'as aimée et tu as respecté mes limites ; tu t'es toujours contenté de ce que je te donnais ; jamais tu n'as tenté de franchir cette palissade derrière laquelle je cachais mon idée d'une certaine complicité et ma secrète folie de m'ouvrir à celui qui toucherait le soleil enfoui en moi. Je regrette que nous n'ayons pas eu assez de temps pour nous-mêmes quand nous étions plus jeunes. Pas assez de temps pour aller à la chasse de nos silences. Je sais qu'Alexandre a subi ma peur, mon manque de confiance, et qu'ils ont eu sur lui un effet nocif. Pourquoi ne lui ai-je pas parlé, pas posé de questions, pourquoi ne l'ai-je pas guidé, cela était encore possible. Mais la peur brute, la peur nue qui clôt les lèvres, le pouvoir des séquelles, les émotions paralysées depuis si longtemps me retenaient prisonnière.

J'ai entendu leurs rires dans la chambre ce matin-là.

C'était un petit matin de novembre au soleil tardif, il faisait frais dans la maison. L'ombre musait encore dans les feuillages dehors. Je cherchais un livre sur une étagère. Et puis je n'ai plus entendu leurs voix. La porte était ouverte, j'ai pénétré dans la chambre. La pénombre m'emplit les yeux. Ils formaient une seule forme sur le lit étroit et dormaient tranquillement. La scène me toucha par sa tendresse mais me fit peur aussi. Pourquoi ressentais-je toujours une alarme en présence de ces deux enfants ? J'avais honte de mes pensées mais ne pouvais refouler les mots de l'instinct. Je devais en parler à Francis, lui confier mes sentiments, lui demander son conseil ou l'entendre me dire de laisser s'aimer un frère et une sœur. Mais j'ai réveillé Alexandre et l'ai fait sortir du lit en le grondant. Il n'avait pourtant rien fait de mal qu'aimer sa petite sœur Gabrielle.

Marylène m'a prise de court. Bien sûr, je savais qu'elle n'aurait pu résister longtemps encore à la tension sexuelle qui grandissait entre nous. L'heure arrivait de nous toucher, après nous être frôlées et humées et devinées, séance après séance, dans la douce lumière de l'atelier. Je croyais que ce serait moi qui ferais le premier pas. Il ne pouvait en être autrement. Elle est farouche, je ne voulais pas la brusquer. Elle commençait à peine à se détendre avec moi. Nous bavardions dans les moments de pause où Narcesse nous servait du thé et des petits gâteaux avec la solennité d'un rituel. Marylène ne parle pas beaucoup d'elle-même mais elle me pose des questions ; elle veut savoir d'où je viens, comment je vis, qui sont mes amis, mes parents, quelles sont mes attributions au travail, est-ce que j'ai fait des études. Mon âge l'intéresse beaucoup, je lui ai dit que j'avais vingt ans. J'en ai vingt-huit, en fait, mais je le garde pour moi. Ça fait toujours un certain effet sur les gens quand je prétends avoir vingt ans. Mon teint lisse et mon air encore juvénile me permettent ce petit mensonge. Marylène a souri. Elle ne me croit pas tout le temps, elle sait que je lui mens plus souvent que je ne lui dis la vérité. Elle m'écoute et me regarde l'air dubitatif, essayant de trier le vrai du faux de mes réponses. Étrange cette sorte d'intimité un peu gauche qui s'est installée, que j'ai adroitement et patiemment construite. Malgré cela Marylène garde envers moi une certaine distance, une barrière que je ne sais pas franchir. Pas encore. Aucun de mes gestes, ma fatigue, mes joies, mes doutes, ma chaleur, mon froid, rien ne lui échappe. Cette attention me touche profondément. Ça fait longtemps que personne ne s'est intéressé à moi, je veux dire à ce qu'il y a derrière mes rondeurs et ma peau. Elle a des dents régulières et fortes. Quand elle sourit, elle est belle. J'aime venir à mes séances de pose, c'est la chose la plus géniale qui me soit arrivée de toute ma vie. J'aime l'idée que ces tableaux me survivront, qu'ils iront peut-être vivre sous d'autres cieux, qu'on paiera très cher pour les avoir. Ces toiles me lient en quelque sorte à Marylène, elles nous tiennent dans une complicité exaltante. Il m'est arrivé de somnoler en posant, mon corps fatigué de mes soirées boulot se lâche, je fonds entre ces murs qui me sauvent de la vie dehors. Je pourrais même dormir sur le canapé. Juste dormir.

Marylène s'est approchée de moi. Je posais, assise sur mon tabouret. Elle venait parfois à ma hauteur, me soulevait le menton, son regard plongé dans mon visage. Elle étudiait de près mes traits, mes yeux, mon nez, ma bouche, hochait la tête et retournait à sa toile. Mais cette fois elle avait un autre visage. Elle s'approcha de moi comme une automate, le regard fixe. Elle fit glisser la bretelle de mon corsage sur mon bras, je ne portais pas de soutien-gorge, elle se pencha et posa un baiser sur mon épaule. Et un autre, et un autre encore, en montant vers mon oreille. Et soudain, comme possédée, elle couvrit mes lèvres de ses lèvres. De légers spasmes lui traversaient le corps. J'ai cru entendre une plainte monter à sa gorge. J'ai penché la tête en arrière et j'ai fermé les yeux pour goûter à sa langue et lui offrir mon avenir.

Et puis les choses sont allées plus vite. Nous étions soudain nues. Le canapé était comme un îlot au milieu d'une mer déchaînée de couleurs où nous avons pris refuge. Marylène ne se lassait pas de toucher mon corps, de le palper, le caresser. J'ai découvert une femme encore belle malgré l'usure du temps, la peau un peu fanée entre ses cuisses est douce sous ma main. Ses seins sont petits et ses mamelons énormes. Je les ai goûtés à pleine bouche.

Elle a des fesses parfaites, Norah. Dures, comme ses seins sont durs. Il m'est arrivé une chose qui aurait dû m'arriver depuis longtemps déjà. J'ai fait l'amour avec une femme, une très jeune femme. Comme si je n'attendais que cela de toute ma vie. Dieu seul sait si j'ai fréquenté durant tant d'années des milieux où toutes les orientations sexuelles sont acceptées, permises, encouragées. Dieu seul sait si des femmes m'ont laissé comprendre qu'elles voulaient de mon corps et même de mon cœur. Mais tout ce temps-là je n'ai pas voulu accepter le trouble de mes sens. Je m'évertuais à aimer des hommes, envers et contre tout. J'avais encore sur les épaules des principes, une morale, ma famille dont je croyais m'être affranchie. C'est fou ce que ces chaînes sont dures à briser. J'avais Francis comme un spectre surveillant ma sexualité, même à des milliers de kilomètres de moi. Ou bien est-ce seulement qu'aucune femme n'était parvenue jusqu'à ce jour à me toucher, à m'ébranler. Comme Norah m'ébranle. Elle est si jeune, si belle. Elle est ma fille, ma femme, une parfaite étrangère dont j'ai peur, en qui je n'ai pas confiance mais à laquelle j'ai envie de livrer ma vie.

Je ne sais pas ce qui m'a pris, cet après-midi-là, mais il fallait que je la touche. Je n'en pouvais plus de la désirer alors qu'elle jouait encore avec moi au petit jeu du chat et de la souris. Depuis qu'elle est arrivée ici, un gros nuage rouge, comme à la base du feu, une sorte d'ectoplasme chargé d'électricité et de pulsions bouge et nous enveloppe en nous possédant. Le rouge de la passion, celui qui dévore. Je la peins le plus souvent en rouge, fond rouge, cheveux rouge ou peau rouge. J'ai vite compris que je ne réussirais jamais à peindre des portraits réalistes de Norah. Elle est insaisissable comme un caméléon. Bien vite je l'ai aspergée de couleurs et de taches de lumière, ses dents, ses oreilles, le creux de ses seins, dans l'échancrure de son corsage. Elle me fait des ouvertures, me regarde longuement, laisse glisser sa main sur un sein ou sa cuisse. Des gestes précis, calculés pour me troubler. Et dans l'autre instant elle est tout innocence, une gamine qui me raconte des histoires simples, trop simples pour être vraies. Je n'en pouvais plus de sa peau, du parfum de sa peau dans l'atelier, mélangé aux effluves des couleurs. Sa peau irradie de couleurs que je cherche encore, que je suis allée chercher au plus caché de son corps.

Mais elle n'a pas tardé à réagir, Norah. Elle a déjà aimé des femmes, j'en suis sûre. Elle a dirigé mes mains vers elle, bien vite elle a mené le jeu. Sa bouche est douce, et elle l'a promenée sur mon corps dont j'avais honte, mon corps usé de sexagénaire qui fondait sous ses caresses. Nous nous sommes aimées sur le canapé malaisé, essoufflées, échevelées, je voulais aller dans ma chambre mais le désir nous retenait dans la lumière de l'atelier, il réclamait son dû ici et dans l'instant. Je n'ai pas joui. La jouissance nouvelle qui s'arrache avec les mains, la bouche, le frottement des peaux, cette jouissance m'a fuie à chaque fois que je croyais y parvenir. Malgré toute l'expertise de Norah. Aimer cette fille était trop nouveau, le parfum douceâtre de son sexe rappelait trop le mien, je me perdais sur ses chemins.

J'ai hâte qu'elle revienne. Elle posera pour moi et on s'aimera encore. Je ne peux pas croire ce qui m'arrive, ici à Fleur-de-Chêne, dans la proximité de ma famille, sous les regards émoustillés du personnel de nos maisons. Dans la cour de Francis et d'Éliane. Que doivent se dire Grégoire et Gabrielle ? Et Jules qui m'a toujours comprise mieux que mon frère et ma sœur ? Que doivent penser les oiseaux dans les arbres ? Seul Alexandre s'en moque. Oui, j'en suis sûre, j'ai la bénédiction d'Alexandre, il m'exhorte à vivre enfin en plénitude et en vérité.

On est dimanche. Le dernier dimanche du mois. Le jour du déjeuner chez Éliane. Jules et Gabrielle sont là les premiers. Au salon, Jules regarde un match de foot à la télé en sirotant un whisky sur glace. Sous la véranda, Gabrielle et sa mère bavardent. Grégoire et Sophia arriveront d'abord et Marylène la dernière. Le fumet d'une tarte à l'oignon s'insinue doucement dans la maison. Ce déjeuner est un programme prévisible et ennuyeux parfois mais qui s'est incrusté dans leurs habitudes. Et puis Antonius leur mijote de ces petits plats qui compensent largement la routine. Gabrielle a les mains froides et la gorge sèche. Le moment est propice pour parler à sa mère. Il faut qu'elle parle, sinon elle va en être malade. Éliane dit alors une phrase anodine qui va déclencher la coulée des mots.

— As-tu des nouvelles des enfants là-bas ?

Gabrielle sort un éventail de son sac à main et s'évente le visage. Elle soulève ses cheveux de l'autre main et évente aussi sa nuque.

— Euh… oui ! Comme tu sais, nous nous parlons tous les dimanches matin. Ils vont bien. Francesca a attrapé froid, elle a eu de la fièvre et elle a dû garder le lit pendant deux jours. Mais sinon ils vont bien et se débrouillent de leur mieux.

— Les deux petits me manquent déjà.

Un sourire illumine les traits d'Éliane. Ses petits-enfants sont le plus beau cadeau que la vie a fait à son grand âge.

— Heureusement qu'ils ont retrouvé les aînés à l'université. L'adaptation a été beaucoup plus facile pour eux.

— Sûrement. Et puis, tu sais, les jeunes à cet âge s'adaptent à tout. En tout cas ils m'ont demandé de t'embrasser ainsi que toute la cour. Caroline a encore eu un coup de blues en pensant au gratiné de maïs d'Antonius…

— Cette chère Caroline ! Elle a bonne bouche depuis qu'elle est née. Tu leur diras combien ils me manquent et que j'ai hâte de les revoir. Humm… Tu sais, Gabrielle, j'ai toujours regretté que tu n'aies pas eu une petite sœur, une petite fille pas loin de ton âge qui aurait été ta compagne de jeu… J'y ai pensé un moment… mais quatre enfants c'était déjà une belle famille à élever, tu en sais quelque chose avec tes deux couples de jumeaux.

Voilà. Maintenant, Gabrielle sent son cœur battre un peu plus vite.

— Humm… Mais Alexandre était mon compagnon de jeu. Il valait bien une petite sœur en tout cas. Je me rappelle encore qu'il passait beaucoup de temps avec moi… et que j'aimais sa compagnie. Tu te souviens, Maman ?

Gabrielle cherche le regard de sa mère.

— Bien sûr, ma chérie, répond Éliane, avec un soupçon d'hésitation dans la voix.

— Maman ?

— Oui, ma chérie ?

— Qu'est-il arrivé, entre Alexandre et moi ?

— Que... que veux-tu dire ?

Mais Éliane a compris. Elle sait maintenant que Gabrielle avait capté ses vibrations. Gabrielle portait encore en elle les impressions ambiguës de sa petite enfance qui la liaient à Alexandre et à elle. Mais elle n'aurait jamais cru lui en parler un jour, après si longtemps. Pourtant ce jour était là et, malgré sa soudaine angoisse, Éliane ressentit un élan si fort envers sa fille, comme elle n'en avait pas connu souvent dans sa vie de mère.

— Par où commencer... Gabrielle ? Pourtant il n'y a pas grand-chose à dire, il n'y avait que ce grand amour d'Alexandre pour toi et ma peur qu'il ne dérive...

— Oui... je sais... tout cela m'est revenu avec de plus en plus d'insistance depuis le retour d'Alexandre..., répond pensivement Gabrielle. (Elle respire un grand coup.) Avais-tu raison d'avoir peur, Maman ? Moi j'avais peur des fois, sans même le savoir ou sans savoir pourquoi... ton regard... c'est difficile à t'expliquer... J'ai commencé à m'éloigner d'Alexandre.

— Oh ! Je te comprends, Gabrielle. Je ne sais pas... non... rien ne s'est passé. Sauf une fois... j'ai vraiment paniqué... tu dormais dans le lit d'Alexandre et je suis rentrée dans la chambre. Il dormait aussi avec toi dans le lit étroit. Vous étiez touchants à voir... tes boucles recouvrant une partie de son visage. Mais mon cœur a flanché quand j'ai vu la main d'Alexandre au creux de tes jambes. Sa main qui dormait, innocente, au creux de tes jambes, sur la dentelle de ton slip. Vous étiez touchants mais j'ai

160

douté. J'ai douté et la peur et la colère sont montées en moi, ensemble et très fort. J'ai réalisé ta vulnérabilité. S'était-il passé quelque chose ? Cette position de la main d'Alexandre était-elle due au hasard du sommeil ou bien était-elle un signe de possession ? Je me suis rappelée mon enfance à moi... mes vieux démons...

— Ton enfance ?

— Oui, Gabrielle... mon enfance à moi où quelqu'un a abusé de mon corps... à l'insu de ma famille...

Gabrielle a perdu ses mots. Elle a du mal à comprendre ceux de sa mère, mais elle sait qu'Éliane vient de lui confier en quelques mots une part de sa vie qui n'était jamais sortie de l'ombre.

— ... un demi-frère de ma mère... beaucoup plus jeune qu'elle... qui vivait avec nous pendant ses études à l'université. Je n'ai jamais rien dit. J'avais honte. Il est parti avec ce secret que je n'ai pas pu arracher de mon corps. C'était ça ma peur. Ta vulnérabilité et ton innocence me faisaient voir le mal là où il n'était pas... j'ai chassé Alexandre en lui disant qu'il me faisait honte. Et je n'ai pas cru ses protestations quand il m'a dit qu'il n'avait rien fait, qu'il ne t'avait rien fait.

— Mais il ne m'avait rien fait, Maman !... Je ne me souviens pas... non... Alexandre ne m'a jamais rien fait de tel. Je m'en souviendrais, ne crois-tu pas ?

— Je te crois, Gabrielle. La conscience de ce tort que j'ai pu lui causer ne m'a jamais quittée. Et tu ne peux pas savoir quel bien cela me fait que tu m'en parles...

Sophia arrive, suivie de Grégoire. Ils embrassent Éliane et Gabrielle qui se taisent à leur arrivée. Jules les rejoint. Ils

bavardent. Livia entre avec le plateau de cocktails, les glaçons s'entrechoquent doucement dans les petits verres aux
bords givrés de sucre. Le fameux cocktail au rhum brun et
au citron vert d'Antonius qui relâche les jointures, desserre
les nœuds du corps, qui donne leur goût aux dimanches
chez Éliane. Marylène paraît la dernière comme d'habitude. Elle a l'air un peu absent mais son visage est en paix.
Elle porte une longue jupe avec des motifs fleuris et une
blouse échancrée en coton blanc. Ils s'en étonnent mais
ne disent rien. Alexandre est là, pas loin. Pourra-t-il les
rejoindre un jour, même le dernier dimanche du mois ?
Peut-être ; quand ils seront prêts ; quand Alexandre sera
prêt.

Marylène n'a même pas pris la peine de déposer son pinceau, une façon de nous dire qu'elle n'a pas beaucoup de temps. J'ai l'impression que la petite dame du mercredi après-midi est là, pourtant on est samedi. Elle a changé, Marylène, ça se voit tout de suite. Elle est plus intense, plus focalisée. Si ce n'est pas une femme en train de tomber gravement amoureuse, je ne m'appelle pas Jules. Elle est habitée d'un trouble qui augmente la température de son sang. Elle en souffre aussi, comme d'une tourmente qu'elle contrôle encore. Mais plus pour longtemps, parole de Jules. Si la petite modèle lui fait cet effet, je peux le comprendre, dans les mêmes circonstances elle me ferait le même effet. Mais Marylène ? On n'a jamais fini de connaître les gens. Je suis quand même étonné qu'elle ne m'en ait pas encore parlé. Il est trop tôt pour elle. Elle sait que je sais ce qui se passe avec cette fille, que nous savons tous. Il lui faut du temps, toujours plus de temps que les autres. La pauvre chérie, je peux imaginer ce qu'elle vit. Mais je sais qu'elle m'en parlera, qu'elle ressentira le besoin de s'épancher, de se confier, d'assumer sa nouvelle

163

situation avec des mots sortant de sa bouche qu'elle me dira en me regardant droit dans les yeux.

Comment Gabrielle prend-elle cette sorte de saut de l'ange que sa sœur est en train de faire ? On ne parle pas beaucoup de Marylène ces jours-ci dans la famille, comme par hasard, alors qu'il y en aurait tant à en dire. Et puis, ne sommes-nous pas un peu complices de cette amitié inattendue entre l'artiste et son modèle ? Bien sûr, nous avons fait des commentaires sur la fille, sans plus. Que doit penser Éliane de tout cela ? D'accord, Marylène a les cheveux blancs et est maîtresse de ses couleurs, de ses émotions et de son argent. Mais nous autres, pouvons-nous nous empêcher d'observer, de spéculer, d'avoir peur pour elle ? D'être heureux pour elle ? Sous son air de celle qui n'a jamais besoin de personne, Marylène est tellement fragile.

Grégoire prend son rôle de chef de famille au sérieux. Il a voulu voir ses sœurs pour parler de la santé d'Éliane qui a eu un malaise pendant la semaine. Le médecin de famille avait l'air soucieux. Mais elle a la peau dure, ma belle-mère. Elle se relèvera. Je viens juste de lui faire une petite visite dans sa chambre et elle m'a demandé des informations sur cette ONG médicale qui souhaiterait louer sa maison sur la rue devant. La demande immobilière est toujours en hausse. Chaque mètre carré de maison vaut de l'or aujourd'hui, le prix du loyer a flambé. L'aide internationale et son personnel continuent à se déverser sur le pays et tout le monde y trouve son compte, propriétaires, commerçants, hôteliers, professionnels de la construction. Sauf nous, les médecins, qui ne pouvons pas concurrencer ces nouveaux hôpitaux humanitaires sous tentes. Mais tout ça ne va pas durer indéfiniment. Cette aide massive va refluer comme elle est venue. Déjà la presse internationale s'est tournée vers d'autres points chauds du globe, et Dieu seul sait s'il y en a d'autres. Haïti et ses misères, déjà de l'histoire ancienne. Le vrai coup dur viendra pour nous quand seront déconnectés les derniers tubes qui maintiennent le pays sous perfusion...

Livia arrive avec le plateau qu'elle dépose sur la petite table en dentelle de fer forgé blanc. L'odeur du café monte aux narines comme une certitude. Mme Éliane est couchée dans sa chambre ce plein après-midi, elle se repose. Le visage de Livia est fermé comme un ciel nuageux. Elle avait prévu que tous ces chocs porteraient un coup à la santé fragile de Mme Éliane. M. Alexandre qui revient, un an jour pour jour après la mort de M. Francis. Mme Marylène et cette... cette jeune aventurière qui vient perturber le repos des chênes sur leurs têtes. Livia met du sucre au fond des tasses, dépose avec précaution le sucrier, elle prend ensuite la cafetière tachetée de roses aux poudreux pétales et verse le café. Elle tend à chacun sa tasse. Elle a des gestes précis venant d'une longue habitude. Elle s'en va pendant que les petites cuillères tintent contre la faïence chaude.

À part le malaise d'Éliane dont elle va sûrement triompher, pour moi la situation générale de la famille tient du miracle. Aucun des scénarios envisageables ne s'est réalisé. Alexandre ne s'est pas enfui. Il n'a menacé personne. Il dort bien. Il mange un peu moins depuis que le médecin a changé sa médication. Il a été malade, comme nous tous savons l'être, ni plus, ni moins. Il reste chez lui. Il ne fait pas irruption chez les autres. Il regarde la télé. Il aime le foot. Il ne parle pas. Deux ou trois mots à la fois et des hochements de tête. Il ne faut pas lui en demander plus. Il ne faut pas en attendre plus sinon il redevient étranger. Un monde intérieur l'absorbe tout entier et il ne peut donner plus de trente secondes d'attention à la fois à son interlocuteur. On a l'impression qu'il comprend beaucoup de choses mais comment en être tout à fait sûr puisqu'il ne dit rien ?

Gabrielle a l'air d'aller mieux ces derniers temps. Ouf ! Tant mieux… Je suis tombé des nues en découvrant que Gabrielle me surveille. Je l'ai surprise farfouillant dans mon portable, elle a sursauté et prétendu qu'elle cherchait les dernières photos envoyées par les enfants. Je ne l'aurais jamais cru. Je dois faire plus attention avec ce foutu portable que je laisse traîner partout. Il ne s'y trouve, à vrai dire, rien de bien compromettant. Mais c'est juste que je veux éviter des ennuis pour rien. Décidément, le retour d'Alexandre à la maison lui a fait un drôle d'effet.

Norah se tient sur le pas de la porte de la salle de bains qui donne sur la chambre de Marylène. Elle a pris une douche et tient pudiquement une serviette blanche devant son corps nu. Marylène sourit aux contradictions de cette fille qui n'arrête pas de l'intriguer. Elle se sent bien et enlève une cigarette du paquet sur la table de chevet tout en cherchant son briquet. Norah s'approche et la retire de ses lèvres. Marylène ne proteste pas. Norah s'allonge à ses côtés sur le lit. La serviette a glissé de son corps.

— Tu fumes toujours après l'amour ?

La question prend Marylène de court. Une question pourtant simple mais qui la ramène à son histoire, ses amours, ses plaisirs et ses désillusions, tout ce temps passé qui semble presque irréel dans les bras de Norah. Elle lui répond :

— Ça dépend...

— Ça dépend de quoi ?

— Pourquoi veux-tu savoir ?

— Je veux tout savoir de toi. Et c'est moi qui pose les

questions maintenant, tu m'en as tant posé depuis qu'on se connaît. Je croyais que tu n'arrêterais jamais…

— Tu as raison, Norah. Je t'ai posé beaucoup de questions. J'ai envie de mieux te connaître, c'est pour ça. Je t'ai embêtée, ma petite chérie ? Viens, rapproche-toi de moi, j'aime sentir ta chaleur…

Norah se rapproche de Marylène, dépose sa tête au creux de son épaule et, tournant légèrement son corps vers elle, pose sa jambe repliée en travers de son bassin.

— Est-ce que tu m'as embêtée avec tes questions ? Euh… non… oui… un peu, quand même…

Norah sourit, ses dents sont blanches et ses lèvres mauves. Marylène sent des papillons voleter dans son ventre.

— Pardonne-moi, ma douce Norah. (Marylène dépose un baiser sur le bout du nez de son amoureuse.) Alors pose-moi les questions que tu veux, je t'écoute.

Mais Marylène craint les questions de Norah, elle redoute sa curiosité dévorante. Elle se crispe légèrement. Norah ne se fait pas prier plus longtemps.

— Alors parle-moi d'Alexandre… Tu le connais bien ? Tu es son aînée, je crois…

— Oui… de trois ans, à peu près. Si je le connais bien ? Est-ce qu'on peut bien connaître quelqu'un dans la condition d'Alexandre ? Et puis je suis restée si longtemps à l'étranger…

— Depuis quand est-il… comme ça ?

— Euh.. il a commencé à avoir des troubles très jeune, il était encore un adolescent. Pourquoi t'intéresses-tu à Alexandre ?

— Marylène ! Voilà que tu recommences avec tes questions... Tu m'avais promis... Je m'intéresse à Alexandre parce qu'il me fait un effet...

— Ah oui ? Quel genre d'effet ?

— Comment te dire ? Il m'inquiète mais je le trouve sympa, voilà.

— Tu veux rire, Norah ?

— Mais pas du tout, chérie... Il a cette façon de te parler sans te dire un mot. Et puis il a l'air si éloigné de tout alors que sa présence s'accroche drôlement à toi...

Marylène se soulève sur un coude pour mieux regarder Norah. Elle lui effleure la cuisse du bout de ses doigts.

— Vraiment ?

— Ben, oui. C'est la première fois que je rencontre un... un...

— Un malade mental ?

Marylène se sent à la fois bouleversée et soulagée de parler d'Alexandre avec Norah, une fille qui ne connaît rien de sa vie, qui ne comprend pas qu'elle est en train de forcer ses défenses et qu'elle risque de la blesser.

— Enfin... un malade mental, non ; mais comme ton frère, oui. Chez nous, je veux dire chez mon oncle, il y a Joël qui n'est pas bien de la tête. Lui il parle sans arrêt, il gesticule, il dit n'importe quoi et il vit dans la rue. On a eu beau essayer de le garder à la maison, c'était impossible. Il faut dire que chez nous, ce n'est pas bien grand non plus...

— Humm... Tu le rencontres des fois, dans la rue, Joël ?

— Rarement. Mais il me reconnaît quand on se voit

et il vient vers moi. Je lui donne un peu d'argent, quand j'en ai. Il me fait de la peine, mais la vie est ainsi faite... J'espère qu'avec toutes ces organisations qui secourent les sinistrés depuis l'année dernière il trouvera du monde pour l'aider.

— Je l'espère aussi. Tu sais, Norah, ça me fait plaisir que tu me parles d'Alexandre. Tu l'as fait avec simplicité... avec curiosité mais sans... malice.

— Bon... tu sais... on a tous un parent ou un ami ou un voisin dans... cette situation. Des fois, c'est les voisins qui nous aidaient avec Joël. Alexandre... il en a de la chance.

— Oui, tu as raison... il a de la chance.

Un ange passe dans la chambre.

— Euh... Marylène... est-ce que tu me peindras nue ?

— Tu as envie que je te fasse un portrait nu ?

— Oui... enfin... oui, j'aimerais bien. Ce serait chouette, non ?

— Humm... laisse-moi y penser, petite Norah coquine... Pour le moment je n'ai pas envie que quelqu'un d'autre que moi te voie nue...

Marylène se penche sur les lèvres de Norah et le baiser affamé qu'elle lui prend à un goût de délivrance.

Je ne suis pas surprise. Je sais depuis longtemps que Marylène est une femme inachevée comme elle fut une adolescente inachevée. C'était cela donc. Ma fille aînée se cherche une autre orientation dans ses amours. Une orientation bien tardive, mais la vie n'arrête jamais de nous surprendre. Les hommes qui venaient la voir n'ont jamais fait long feu. Il y avait donc une bonne raison à cela. Tout le monde ici se doute de la nature des relations entre Marylène et cette petite qui fréquente la cour depuis quelque temps. Les langues vont bon train au sein du personnel. Même Livia a pris son courage à deux mains pour m'en parler en termes voilés et pudiques. Elle ne m'a pas caché sa peur du mal, du scandale et de bien d'autres choses qu'elle n'arrive pas à nommer. Non, je ne suis pas surprise. Cette fille, Norah, est le genre de créature qui ne peut rien laisser d'intact après son passage. J'ai suivi son manège, sa démarche, ses regards, le sourire indicible flottant sur ses lèvres quand elle traverse la cour. Elle sourit à Alexandre et lui fait un salut complice de la main. Quand je la vois de ma galerie, je ne peux me départir d'un certain malaise même si sa nouvelle présence est comme une bouffée d'air frais dans la cour. Cela n'arrive pas toujours qu'aux autres de découvrir ces facettes de leur progéniture. Dans la famille proche, nous connaissons au moins un cas d'homosexualité. Mon Dieu, ce mot ! Je garde Antonius à mon service depuis quelques années malgré sa particularité qui saute aux yeux. Mais quand cela vous saute au visage, personnellement, il s'agit d'une tout autre histoire. Et puis, cette révélation qui vient si tard, à l'âge de Marylène.

Francis, comment aurais-tu vécu cette histoire qui se passe entre Marylène et cette jeune femme, là sous nos yeux, dans notre mutisme étonné ? Cette particularité des sexes n'est plus un sujet aussi tabou que du temps où nous étions jeunes. Ce n'est plus une « abomination » ni une cause de rejet. Aujourd'hui, on en parle ouvertement en société, à la télé, dans les magazines. Mais ici, à Fleur-de-Chêne ? Quelle attitude garder ? Faut-il se taire et laisser Marylène vivre sa vie ? Cette fille n'est visiblement pas de notre société, elle n'a pas nos principes, nos manières. C'est ce qui me fait le plus peur. Marylène ne va-t-elle pas se brûler à cet amour qui vient comme à l'assaut de notre paix ? Je ne peux rien prévoir, rien empêcher. Je n'en ai pas envie non plus. Je peux seulement souhaiter que la vie ne la traite pas trop durement. Mes enfants ne sont plus des enfants, ils décident de leurs vies et tant mieux.

M. Alexandre me regarde d'une autre façon. Non, je ne rêve pas. Je ne dis jamais de paroles en l'air. Moi, Anna Suphète, je sais quand le regard d'un homme me parle un langage secret, même si cet homme est dérangé de la tête comme M. Alexandre. Il ne me fait pas peur mais son changement d'attitude envers moi m'a désarçonnée au début. Un changement très subtil et difficile à définir. Si je le dis à Livia, elle va croire que je me fais des idées, que je me monte la tête. Elle ne me porte pas dans son cœur, Livia, depuis le jour où je suis entrée au service de Mme Sophia et M. Grégoire. Elle trouve que je n'ai pas assez de classe et ne connais pas les raffinements du service, comme chez la Vieille. Si elle savait combien je me fous de ce cérémonial auquel mes patrons ne tiennent pas non plus. Mme Sophia exige la propreté, que la poussière soit enlevée chaque jour, que les carreaux du plancher brillent sous la serpillière, que ses plantes soient arrosées régulièrement, elle n'en demande pas plus. Quant à M. Grégoire, il ne faut pas lésiner sur l'ail et le piment et il est content. Il raffole de mon lambi à la sauce créole et de mon cabri boucané ; je m'assure aussi que ses chemises de travail soient lavées et repassées à temps. Ces deux vieilles vivent dans un autre siècle. Elles s'entendent bien. Rien ne se passe dans la cour que Livia n'aille rapporter à sa maîtresse. Il faut toujours se surveiller avec elle dans les parages. Moi je me tais. Les affaires des patrons, ça ne me regarde pas. Je ne vois rien, je ne comprends rien. Elle n'est pas méchante au fond, Livia, elle ne comprend juste pas comment les gens pensent aujourd'hui, de quelle manière on se démerde pour survivre, à quel point une femme doit jouer d'intelligence pour garder un homme, nourrir ses enfants et donner à son corps un tant soit peu de bonheur. Elle ne comprend pas qu'une femme puisse aimer une femme avec toute la force de son être. Elle ne comprend pas que mon ambition personnelle n'est pas d'être toute ma vie la bonne de Madame. Mais Livia ne refusera pas un conseil ou un coup de main.

Quand M. Alexandre me voit, il devient plus grave, comme s'il concentrait toute son énergie sur ma personne. Il fait une petite moue dans un coin de sa bouche et ne me lâche pas des yeux. C'est fou ce qu'il a changé en quelques mois. Il a doucement pris possession des lieux, il n'a plus cet air de toujours être en train d'attendre de s'en aller. Son corps s'est acclimaté à ce qui l'entoure, il connaît tout le monde et même sans mot il a sa façon de s'entretenir avec chacun. Il n'a même plus peur des oiseaux dans les branches des chênes et ses doigts sont plus calmes. Nous aimons bien sa compagnie. Il est un bourgeois qui ne fait pas de différence entre les classes et les êtres, qui nous reçoit sans effusion mais sans arrière-pensée. Si nous étions tous un petit peu plus fous, le monde irait bien mieux.

J'allais partir après avoir passé un moment chez M. Alexandre pour souffler un peu. Je me suis levée de ma chaise, devant la télé. Il s'est levé aussi et est sorti avant moi. Arrivée à sa hauteur sur le pas de la porte, il m'a saisi le bras, le gras de mon bras, et l'a serré de sa main. Surprise, je l'ai regardé et lui ai demandé : « Monsieur Alexandre, pourquoi prenez-vous mon bras ? » Je ne m'attendais pas à ce que des mots sortent de sa bouche. Les conversations avec M. Alexandre sont plutôt à sens unique.

Il m'a répondu le regard fixe mais l'œil brillant : « Parce que je suis vivant… ». Puis il m'a lâché le bras, semblant m'oublier déjà. Mais je l'ai entendu de mes deux oreilles, foi d'Anna Suphète. Ensuite, il est allé s'asseoir dans le petit jardin.

Son balai en main, Gesner repousse les feuilles mortes qui jonchent le seuil de la petite maison. Elles reviennent sous le balai à chaque nouveau coup de vent. Il recommence, ça a plutôt l'air de l'amuser. Il observe en même temps Alexandre qui marmonne doucement, le regard droit devant lui, assis sous l'amandier, dans un fauteuil en rotin sorti de la remise de Jules et de Gabrielle.

...

Francis, il est revenu, le Petit. Un an déjà, il fait désormais partie de notre quotidien, il habite notre immédiat. Dieu est grand ! De part et d'autre du massif de bougainvillée, nos existences se sont apprivoisées, nous nous sommes observés, épiés et devinés jusqu'à connaître nos errements. Au début, je me suis sentie mal de sa présence, mes jambes ne me portaient plus et je devais m'asseoir plus souvent et plus longuement. Je devenais faible rien qu'à le regarder, submergée d'émotions qui m'aspiraient comme un grand trou. Aujourd'hui, ça va et nos regards se croisent sans se surprendre et sans méfiance. Je lis au fond des yeux d'Alexandre quelque chose qui me fait du bien tout en me donnant un sentiment d'achevé. Il fait le va-et-vient devant sa petite maison chaque jour, à la même heure. Un chemin s'est tracé sous ses pas au milieu des galets blanc et noir. Nous n'avons toujours pas beaucoup de choses à nous dire avec des mots. Alexandre parle peut-être à ses anges ou à ses démons, mais pas à nous. Mais il nous hume dans la brise quand elle se lève, il connaît le bruit de nos pas, nos humeurs et le timbre de nos rires. Il nous frôle des yeux et ses regards ont toujours soif. Ils sont traversés parfois de lueurs fugaces de tendresse ; il faut du temps pour les attraper. Il tient un salon obligé chez lui quand ce petit monde de la cour transite par sa télé. Il est revenu à la maison et je peux sentir le repos de son corps. J'entends par fois ses os soupirer de reconnaissance. Il prend ses médicaments et tout va bien. Mes os à moi sont fatigués, Francis, je ne veux plus avaler de médicaments. Fais-moi une place là où tu es. J'ai envie de fermer les yeux maintenant.

Composition : PCA / CMB Graphic.
Impression · CPI Firmin Didot
à Mesnil-sur-l'Estrée, en avril 2015.
Dépôt légal : avril 2015
Numéro d'imprimeur : 128140

ISBN : 978-2-7152-3930-2/Imprimé en France

283366